GOD'S GAME WE PLAY

5

The Ultimate game-battles of a bottomless

神は遊戯に飢えている。

JN082154

VS神樹の守り手
「な、なななな……何をするんですか
この破廉恥な触手ーーーーーーーっっっ⁉」

……まさかこの瞬間を意図的に作った？
俺だけと話すために⁉
『フェイ。あなた遊戯は好き？』
PROFILE
ヘレネイア
神秘法院本部が誇る最強チーム『すべての魂の集いし聖座《マインド・オーヴァー・マター》』の謎多きリーダー。

ポセイドン&ミノタウロス

God's Game We Play 5

The Ultimate game-battles of a boy and the gods

神は遊戯《ゲーム》に飢えている。5

細音 啓

MF文庫J

口絵・本文イラスト●智瀬といろ

Character
《登場人物》
God's Game We Play
フェイ
近年最高のルーキーと称される期待の使徒。レーシェ＆パールと新チームを結成する。
レーシェ
本名はレオレーシェ。3000年の永き眠りから目覚めた元神様のゲーム大好き少女。
パール
転移の能力を持つ使徒。全自動思い込みガールと呼ばれるほどの破壊力のある性格。
ネル
マル＝ラ出身。一度は引退していたが、賭け神との戦いを経てフェイのチームに加入。

Chapter

Prologue　二度も我を弾くとは生意気だね？

God's Game We Play

1

日が昇る――

都市ルインのビル群が照らしだされ、鈍い銀色に輝いていく。

朝七時。住民の多くが家で身支度をしている時刻、そんな静けさの満ちる街で――

「もぉ、無敗の我を怒らせたね！」

何とも子供っぽい怒りの声が、神秘法院のビルから轟《とどろ》いた。

爆発じみた声量。

どれだけ凄《すさ》まじいかというと、神秘法院のビルのコンクリート壁を通じて外へと伝わり、民家の窓ガラスがびりびりと震えるほどである。

何が起きたのか？

その答えは、神秘法院ビルの地下「ダイヴセンター」にある。

「この我が！　せっかく人間ちゃんと神々の遊びにダイヴしたっていうのに、我だけ弾《はじ》くなんて生意気すぎやしないかい！」

巨神像——

竜の頭部を模した像の上で、腕組みして座りこむ少女がいた。

大きな紅玉《ルビー》色の瞳に、愛くるしい相貌。

超がつくほど可愛《かわい》らしい少女だが、何よりの特徴はその服装だ。そう、ド派手な書体で「無敗」と書かれたシャツである。

「まあ我は無敗だし！　我を恐れてゲームから弾くのも無理はない……が！　そのせいで人間ちゃんのゲームに参加できないじゃないか！　いったい誰の仕業だい！」

巨神像の壁面にペタペタと触れ、むぅ……と眉をひそめる仕草。

そして。

「人間！」

「は、はいウロボロス様っ⁉」

少女《カミ》に呼ばれ、事務長ミランダは慌てて姿勢を正した。

神秘法院の支部を総括するミランダだが、今ばかりは身分の差が歴然だ。

この銀髪の少女は、正真正銘の神。それも人間世界で長らく攻略者ゼロとして恐れられてきた無限神ウロボロスである。

こんなに愛らしい容姿でも、その怒りに触れれば都市が秒単位で消し飛ぶだろう。

絶対に逆らえない。

「な、何でしょう！」

「我はこの巨神像から弾《はじ》かれた。見たところ神四体の力で細工してあるから、この力の出所を調べたい。儀式に必要な物を言うから取っておいで」

「儀式ですと⁉　そ、それはいったい……」

ゴクリと息を呑《の》みこむミランダ。

全知全能の神がわざわざ要求するほどの物。どれほどの無理難題の品か――

「何をご用意すれば！」

「たっぷりチーズの乗ったピザ二枚と板チョコ五枚。チョコバナナのクレープサンドと、ノリ塩味のポテトチップ。飲み物はジンジャエールで！」

「…………」

「…………」

「……はい？」

「もぉ。聞こえなかったのかい？」

巨神像をじーっと見つめる少女が、再び振り向いた。

「たっぷりチーズの乗ったピザ二枚と板チョコ五枚。チョコバナナのクレープサンドと、ノリ塩味のポテトチップ。飲み物はジンジャエールだよ！」

「……それは何のために？」

「我のお昼ご飯さ！」

「は、はぁ……」

ごくごく真剣に答えるウロボロスに、ミランダは狐《きつね》に摘《つま》まれたような表情で。

「……精神体《スピリチュアル》でも食事が必要なのですか」

「いや全然」

「……じゃあ何のために」

「我が無敗だからだよ！」

あ、ダメだこれ。

神には理屈《はなし》が通じない。それを直感で悟り、ミランダは素直に頷《うなず》くことにした。

「納得でございます」

「そうだろう！　なにせ我は無敗だからね！」

満足げに頷くウロボロスに一礼。

懐から通信機を取りだして、ミランダは地上階の部下に連絡することにした。

「私だ。今から言うものを直ちに用意しておくれ」

Chapter

Player.1 VS神樹の守り手 ―神樹の実バスケット①―

God's Game We Play

1

高位なる神々が招く「神々の遊び」。

神のみぞ知る基準によって一握りの人間が使徒となり、霊的上位世界への行き来が可能になる。そして――

フェイの前には、天を衝《つ》くほどの大樹からなる樹海が広がっていた。

『「神樹の実バスケットボール」の始まりです！』

端子精霊《ミイプ》の宣言が響きわたる。

『改めてご説明します。ここは神樹ユグドラシルの森。皆さまが見上げている樹はすべてユグドラシルから生まれた若葉ですが、この森のすべてを使って皆さまに思いきり遊んでいただきます！』

その途端——

端子精霊《ミイフ》を挟んだ向こう側から、甲高い歓声が沸き上がった。

『きゃはははっ！　ようやく遊べる、この森ちっとも人間が来ないんだもん。いつゲームができるかって思ったけど、遂《つい》に来たのね！』

羽の生えた小人——妖精ニンフ。

蝶々《ちょうちょう》のように煌《きら》びやかな羽根を持つ「神チーム」の一員だ。ちょうど人間の頭の高さを浮遊しているのだが、その小柄な身体《からだ》から発する声量は凄《すさ》まじい。

そして妖精ニンフは全部で三体。

三体が同じ台詞《せりふ》を同時に喋《しゃべ》るため、声量も三倍になるというわけだ。

『覚悟なさいアンタたち、ボコボコにしてあげるから！　ねえドライアド！』

『いえいえ滅相もない』

しっとりとした女声で答えたのは、全身が緑色をした樹人ドライアド。

髪のかわりに植物の蔓《つる》が生えた樹人が、こちらも三体揃《そろ》っておっとりとした微笑《ほほえ》みを浮かべてみせる。

『私は楽しいゲームができれば満足です。そんな……穏やかに迎えるフリで人間を油断させ、ゆっくりじっくり可愛《かわい》がってあげようなんて、ふふ……そんなのちょっと想像しているだけで実際にしようだなんて……』

『ドライアドの悪趣味ぃ』

妖精ニンフがけらけら笑い。

獣人ドライアド三体と合わせれば計六体だが、その背後にはさらに三体の「根っこが足のように動く巨大な切り株」がいた。

『…………』

人語を喋《しゃべ》らない樹精トレントが三体。

この総勢九体が、対戦相手の神チームである。

「って待て!?　おいおい端子精霊《ミイプ》さんよ！」

真っ先に口火を切って叫んだのは、愛嬌《あいきょう》のある面立ちをした長身の男だ。

アシュラン・ハイロールズ。

チーム『猛火《ブレイズ》』のリーダーが、宙に浮かぶ端子精霊《ミイプ》に詰め寄った。

「俺ら神さま九体と戦うってことか!?　神々の遊びは神一体と人間多数だろうが、神さまがこんな大勢だなんて聞いてねぇぞ！」

『九体の神々ではありません。神チーム一つです』

「どう違うんだよ!?」

『難易度です』

端子精霊《ミイプ》の宣言は明確だった。

『神が九体だから通常のゲームの九倍難しい……という訳ではありません。今のご説明のとおり神チームとしての対戦であり、難易度調整はバッチリです』

「……ホントだな？」

『バッチリです』

「不安だぞおい!?……って言ってるが、どうなんだフェイ？」

アシュラン隊長が振り返る。

「お前がいけそうって事なら心強いんだけどよ」

「俺もまだサッパリですよ。この森すべてを使ったバスケットボールか……」

そう応じ、フェイは森林を再び見回した。

……茂み、木の根っこ、頭上には蔓《つる》、地面も凸凹《でこぼこ》。

……たぶんこうした特徴がすべてゲームギミックになる。

これを活用しろ。

中立である端子精霊《ミィプ》が出せるギリギリの助言《ヒント》なのだろう。

「わたしは遊べるなら何でも良いわよ！」

自信満々に答えたのは炎燈色《ヴァーミリオン》の髪をした少女だ。

竜神レオレーシェ――神秘的な琥珀色《こはくいろ》の瞳をした少女で、三千年前に霊的上位世界から降りてきた本物の元神さまである。

「ちなみにバスケットボールって人間のスポーツよね。この森がコートってことはみんなで走り回るのかしら？」

「うえぇっ⁉」

「うむ、スポーツは得意だ！」

レーシェの隣に立つ少女二人が、まったく正反対な反応だ。

顔をしかめたのが金髪の少女パール。

対して意気揚々と頷《うなず》いたのが、長身で引き締まった体躯《たいく》をした黒髪の少女ネル。

両者ともにフェイのチームメイトである。

「……恐れていた日が来ましたか」

パールが唇を噛《か》みしめて。

「……いつかは来ると思っていたのです。『神々の遊び』は多種多様。頭脳ゲームだけでなく神さまとの取っ組み合いの遊闘技《バトルゲーム》や、人間のスポーツを真似《まね》たものまで。そして遂《つい》に、脅威のスポーツ系遊戯が立ちはだかるのですね！」

「？　どこが脅威だ？」

「ネルさんは運動できるから言えるんですよ⁉」

真顔のネルを見上げ、パールはというと今にも泣きそうな表情だった。

「あたし背も高くないし、平衡感覚も悪いから歩いていてもすぐ転ぶし。スポーツなんて

嬉《うれ》しくも何ともないですよ！」

「……そうかパール。それだけ大きな胸だと足下が見えないな。私には理解できない悩みだが、お前が悩みを抱えていることは理解できる」

「そんな同情求めてませんが⁉」

「任せておけ。これは私の得意分野だ」

やる気に満ちたネルが、膝を曲げて屈伸運動。

「フェイ殿、ここはぜひ私に！」

「あーそうだな。俺もネルはこのゲームに合ってる気がする。ってわけでどうでしょう。アシュラン隊長」

「フェイの推薦なら俺が反対する理由はないぜ？」

同じく屈伸運動を始めるアシュラン隊長。

これはチーム戦だ。

人間のバスケットボールは五人が主流だが、神さま版は恐らく違う。妖精《ニンフ》と樹人《ドライアド》と樹精《トレント》。それぞれ三体で、計九体。

……だから九vs九だ。

……この森がコートなら、それだけの大人数でも十分すぎる広さがある。

対して人間は十七人。

ここから九人を選ぶとすれば、まず決めるべきは総合リーダーだ。

この場にいる人間チームは三つ。

各々のチームリーダー三人がばらばらな命令を下せば、九人の動きがまとまるどころか仲間割れが起きてしまう。

九人を総括する総合リーダーが必要なのだ。

「総合リーダーはウチにお任せを！」

ピンク色の髪をした少女が、勢いよく手を挙げた。

「乙女の花園チーム『女帝戦線《エンプレス》』の創設者兼リーダー、このアニータが、総合リーダーに名乗りを上げますわ！」

アニータ・マンハッタン。

年齢は十五歳。神秘法院の使徒のなかでも最年少だが、ルイン支部に加入早々、新チームを創設した行動力は特筆すべきものがある。

「では総合リーダー権限でメンバー編成しますわ。レーシェお姉さま、パールお姉さま、ネルお姉さま！　この三人とウチ、残りは適当に見繕っ…………むひゅっ!?」

「なーに勝手に決めてんだおい！」

アニータの左右の頰《ほお》をむぎゅっと押しつぶすアシュラン隊長。

「総合リーダーってのは！　勝ち星の一番多いリーダーか、一番チーム人数が多いリーダーだって決まってるんだよ！」

「……そ、それはそうですが……」

「で？　おいフェイ、どっちがやるんだ総合リーダー？」

アニータの頬《ほお》を押しつぶしたままアシュラン隊長が振り向いた。

「俺としちゃお前に任せた方が安心なんだが」

「いや、よかったらアシュラン隊長お願いします」

「……あいよ」

後ろ頭を掻《か》きむしって、アシュラン隊長が苦笑い。

もちろん自分《フェイ》も、総合リーダーが嫌で押しつけたわけではない。これがもっとも勝率が高いと判断したからだ。

……理由は、俺たち三チームの人数差だ。

……アシュラン隊長のチーム『猛火《ブレイズ》』が十二人で、圧倒的に多い。

十二人の性格と神呪《アライズ》をもっとも熟知しているのが彼《アシュラン》だ。総合リーダーとして個々の強みを引き出せる。

「俺がリーダーだ。さっそく詳しく教えてくれや。これがバスケットなら球技らしくボールとゴールがあるんだよな？」

『はい。今回使うボールは、ユグドラシルの木の実です！』

端子精霊《ミイプ》が地表にある四つのボールを指さした。

ボール代わりとなる大樹の種。

先ほど頭上から落ちてきたものである。

――椰子《やし》の実ほどの緑の果実。

――椰子の実ほどの青の果実。こちらは落下の衝撃で地面がわずかに抉《えぐ》れた。

――椰子の実ほどの黄の果実。こちらは落下の衝撃で地面がひび割れた。

――人間より巨大な赤の果実。隕石《いんせき》のごとく大地に大穴を開けて墜落してきた。

重・量・が・違・う。

とりわけ最後の赤い実は、大きさも重さも桁違いだ。

『果実の落下地点がちょうどバスケットコートの中心です。皆さまから見て奥に五十メートル進むと神チーム側のゴールがあり、手前に五十メートル進むと人間側のゴールがあります』

つまり広さは百メートル。

種子《ボール》が落ちているところが、ちょうど中心部というわけだ。

「ん？　だがゴールってのはどこだ？」

五十メートル向こうを見つめるアシュラン隊長。

「それらしいのが見当たらねぇぞ」

『両陣営の一番奥です。一本ずつ特に大きな大樹が生えていますが、あの樹の上部——高さ五十メートルに咲く大きな白い花がゴールです。自陣のゴールを守りつつ、敵チームの花に種子《ボール》を入れたら得点です』

「あの大樹を登った先ですか⁉」

端子精霊《ミイプ》の指さす先を見上げて、パールが目を見開いた。

まるで巨大な高層ビル。

幹の太さだけで直径十メートル以上ありそうな大樹があり、それを登った先の枝葉にゴールとなる白い花が咲いている。

——ボールが種子で、ゴールが花。

——その二つを入れ替えただけで、ゲーム概要は確かにバスケットボール。

ただし。

この森のすべてを・・・・・・・・活用しなければ・・・・・勝利できない・・・・・・。

『花《ゴール》の位置が高すぎると思いますよね。もちろん地上から種子《ボール》を放り投げるも良しですが、プレイヤーが樹を登るのも可能です。見てのとおりユグドラシルの幹は大きく凸凹《でこぼこ》がありますので、種子《ボール》を抱えて幹を登ることは容易《たやす》いでしょう』

頭上五十メートルの花にどう近づくか。

それがこの遊戯の「攻略」というわけだ。

「他に思いつくのは、あの大樹の両脇にある斜めに倒れた樹だな。あの幹から斜面を駆け上がってゴールの花に近づくも良し……」

腕組み姿で思案のネル。

「枝から垂れている植物の蔓《つる》も。これもロープを登るように伝っていけばゴールの花に近づける……そうだ端子精霊《ミイプ》、一つ聞きたい」

『何なりと』

「バスケットボールは手でドリブルする球技だが、種子《ボール》を蹴るのはやはり反則か？」

『大丈夫です。もともと「ボールを抱える」という説明も人間に伝えるためで、我が主神トレント様にいたっては触手ですから。ボールの運び方は自由です』

端子精霊《ミイプ》の後ろで、足代わりの根っこをウネウネと動かす樹精トレント。

妖精ニンフや樹人ドライアドとは違い、このトレントは完全に「動く樹」と呼ぶしかない外見である。

その根っこが、緑の種子《ボール》を器用に絡めとって拾い上げる。

『トレント様が拾った緑の種子《ボール》は重さ1kg、そして得点は2点です』

誰も声を発しない。

その場の全員が凝視するのはトレントが手にした緑の種子《ボール》……ではない。

地面に落ちている残り三つの種子《ボール》だ。

『このバスケットボールは50点先取です。薄々予想されている方もいるでしょう。この遊戯では四つのボールを同時に動かします。青の種子《ボール》は重さ２kgで得点３点。黄の種子《ボール》は重さ20kgで得点10点です』

ボールは四つ。

持ち運びにくいボールほど得点が高いというわけだ。

『最後の赤の種子《ボール》！　こちらは不浮《うかばず》となっており地面から離すことができません。ゴールどころか花に近づけることさえ至難のオマケ要素ですが、もし花に入れることができるならその得点は――――』

「はい！　ウチは察しがつきましたわ！」

勢いよく手を上げたのはアニータだ。

「50点満点ですわね！」

『一億点です』

「その無駄に高い得点必要ですか!?……まあいいですわ。つまり赤い種子《ボール》なら一発勝利。それ以外の種子《ボール》は軽い順に２点、３点、10点。それで先に50点先取したチームの勝ちと。勝利条件は単純ですわね」

『はい。ただしタイムアップにご注意ください。さて蜜時計を召喚！』

ボンッ、と。

頭上から何かが落ちてきた。

ユグドラシルの葉っぱを折り畳んだ器で、紙コップならぬ葉コップとも言うべきもの。その器めがけポタポタと、大樹の花から蜜の水滴が落ちてくる。

『タイムアップ目安です。一滴一分なので三十滴で三十分。これで蜜時計の器から蜜があふれますので、審判である私めが試合終了のラッパを吹きます』

「ん？」

ごくわずかな違和感。

そのまま続けようとする端子精霊《ミイプ》に、フェイは手を挙げて。

「ええと、蜜時計が満タンになる＝タイムアップじゃないんだな？」

『はい。蜜時計は目安でしかなく、審判《わたし》のラッパで試合終了《タイムアップ》です。この時点で得点の多いチームの勝利となります』

「…………」

顎先に手を置いて黙考。

この一瞬——フェイの脳裏をよぎった「ある作戦《プラン》」は、端子精霊《ミイプ》さえ知る由もなかったことだろう。

『なお、この遊戯は敵プレイヤーのボールを奪ったり、自陣のゴールから排除するための妨害も許されます。基本的に反則はありません』

「ラフプレー黙認かよ!?」

たまらず叫ぶアシュラン隊長。

「神さまにラフプレーされようものなら……」

『負傷者続出は想定内です。あ、ちなみに動けなくなったら自動で人間世界に戻されます。その時には無傷に戻ってるのでご安心を』

「……人間のスポーツもケガは付きものとはいえ、やばそうだなおい」

アシュラン隊長が苦笑いで振り返る。

彼の部下たちも、これから何が起きるのかを薄々感じて不安げな顔つきだ。

「ラフプレーでの選手退場は当然で、そのための交代要員も考えとけってことだ。……なあフェイ、ウロボロス様はいないんだな?」

「ええ。巨神像のダイヴ寸前で弾《はじ》かれました」

ウロボロスがいれば——

これればかりはフェイも同感だ。

冥界神《アヌビス》の迷宮ルシェイメアで暴れに暴れた無敗の神（自称）がいれば、この遊戯も「神チーム」のラフプレーに力で対抗できたのだが。

〝もぉまたか————っ！〟

〝神《ウロボロス》の身体《からだ》が、巨神像から弾かれた〟


迷宮ルシェイメアに続いて二度目の強制排除。

なぜ神《ウロボロス》だけが弾かれたかというと、その介入を拒む神がいたらしい。ここユグドラシルの森にいる神々ではないらしいが。

「………」

「フェイさん？　どうかしましたか」

「ああ、いや何でもない。ウロボロスは大丈夫かなって」

見上げてくるパールに、フェイは微苦笑で首を振ってみせた。

なお心配してるのはミランダ事務長の方である。置いてけぼりでご立腹なウロボロスを、今ごろ事務長が必死になだめているに違いない。

「俺からもう一ついいか？」

再び端子精霊《ミイプ》へ。

「さっきのラフプレーの件。たとえば人間側の一人が負傷する。その交代にかかる時間は、そこの蜜時計は止まるのか？」

「止まりません」

端子精霊《ミイプ》が首を横に振る。

「蜜時計はあくまでユグドラシルの花の自然現象です。常に一定のリズムで落ち続け、三十滴、つまり人間時間の三十分ほどで器がいっぱいになるでしょう」

「選手交代の間もプレイは続くと？」

『はい。選手交代で手間取ると隙が生まれてしまいます。ご注意ください』

ルール説明終了。

と同時に、アシュラン隊長が大きく手を打ち鳴らした。

「よし！　ラフプレーは警戒するにしろ、バスケットは人間発祥のスポーツだ。運動能力がものを言うならレオレーシェ様の本領発揮だぜ！」

レーシェならば――

重さ20kgという黄の種子《ボール》（10点）も軽々と運んでしまうだろう。いや、運ぶどころか地上から花《ゴール》まで放り投げて得点できる。

「神チームも、まさか人間側に元神さまがいる想定の難易度にはしてねぇはずだ！」

『――――と。ここまでが通常ルールの説明ですが・・・・・・・・・・・・』

「ん？」

ざわりっ。

今まで自由気ままだった神チーム九体が、一斉にこちらを凝視した。

『皆さまの中に「神々の遊び」で五勝以上を達成された方々がいらっしゃいます。そこで上・級・者・モ・ー・ド・へ・移・行・し・ま・す・！』


「はぁっ!?　ちょっと待て、フェイの勝ち数か!?」

悲鳴を上げるアシュラン隊長。

だが、それ以上に驚きを露《あら》わにしたのがパールとネルだ。

「え……そんな五勝だなんて!?」

自らの掌《てのひら》をまじまじと見つめるパールが、ハッとこちらを向いてきた。

「だってフェイさんの勝ち星は四勝……むぐっ!?」

「しっ！　言うな！」

叫びかけたパールの口を、後ろからネルが慌てて塞ぐ。

そう。二人が驚きの声を上げたのには理由がある。

「……忘れるなパール。フェイ殿は賭け神《ブックメーカー》で三勝を失ったことで表・向・き・の・勝・ち・星・よ・り・三・勝・少・な・い・。事務長との秘密だ」

「そ、そうですよ！　だから四勝のはずなのに……！」

押し殺した声で囁《ささや》きあうネルとパール。

そんな二人を横目に、フェイも思わず自らの右の掌を見つめていた。

――V・。

神々から刻まれた勝利数。この数字は絶対に狂わないし誤魔化《ごまか》すことができない。

だからこそ謎なのだ。

……確かにパールの言う通りだ。

……俺たち全員が四勝のはずなのに、なんで五勝目が足されているんだ？

フェイの勝ち星推移――

①：レーシェと出会った時点　三勝〇敗。

②：【勝利】巨神タイタン戦　四勝〇敗。

③：【勝利】無限神ウロボロス戦　五勝〇敗。

④：【勝利】太陽神マアトマ2世戦　六勝〇敗。

⑤：【敗北】賭け神《ブックメーカー》戦で三勝を失う　三勝〇敗。

⑥：【勝利】賭け神《ブックメーカー》戦でネル復帰　ネル復帰。

――チーム全員が三勝〇敗――

⑦：【勝利】冥界神アヌビス戦　四勝〇敗。

四勝のはずなのだ。

なのにフェイの掌《てのひら》、そしてパールの掌にはどちらも「V」が刻まれている。

……何が理由で一勝多い？

……賭け神《ブックメーカー》の直後は全員が三勝。それは全員で確かめたことだ。

おそらく冥界神《アヌビス》。

あのダンジョンでの勝利が「二勝分」だった可能性が高い。ではなぜ二勝か。思い当たるのはウロボロスの一言だ。


〝あ・の・迷・宮・に・神・は・六・体・い・た〟


ここにはウロボロスと冥界神《アヌビス》も含まれる。

その上で、正体不明の神々が四体もルシェイメアのどこかに潜んでいたらしい。

……理由はわからないけど、あの迷宮には神が複数いた。

……だから勝ち星も増えたのか？

レーシェとネルもだ。

揃《そろ》って掌を見つめているのは、二人も今そのことに気づいたからだろう。

本来、自分の掌など毎日見ている。それでも気づけなかったのは、この変化がごく直前に起きたからに違いない。

「……理屈はわからないが私たちは五勝したらしい……」

歯切れの悪そうな口ぶりのネル。

「何かの罠《わな》でなければいいが……けれど一つ新発見もあった。神々の遊びは勝ち進むごとに難易度が上がる」

「おいおいおい勘弁してくれ？」

アシュラン隊長が頭を掻《か》きむしる。

「いや……知ってたぜ？　その可能性があるって推測は昔からあった。神々の遊びで史上一人として完全攻略者が出ない理由も、もしや九勝目十勝目のゲーム難易度が攻略不可能レベルなんじゃないかってよ……」

それが初めて証明されたのだ。

神々に仕える端子精霊《ミィプ》の口から明言された。

『お待ちを』

その端子精霊《ミィプ》が、アシュランの頭上までやってきた。

『私は上級者モードの適応しか言っておりません。難易度とは別物です』

「そうか！　その中身次第じゃ難易度も逆に下が——」

『ふふっ』

「意味深すぎるだろ⁉　おいフェイ！　お前が七勝なんだ頼むぜ！」

「……努力しますよ」

アシュラン隊長に頷《うなず》く一方で、フェイの意識は既に上級者モードにあった。

この神樹の実バスケットは極めて単純。となれば上級者モードはここに複雑性を加えるルールの可能性が高い。

「聞かせてくれ。いったいどんな追加ルールなんだ？」

『はい。それは――』

端子精霊《ミイプ》が言いかけた、その時。

『タイムアップ判定時に最小限抑制《ミニマムペナルティ》ルールが追加されるのよ！』


もう待ちきれないと。

三体の妖精ニンフが森に声を響かせた。

『いいこと人間、一度しか言わないからね！　この上級者モードで追加されるのはタイムアップ時の特殊判定よ。試合終了時、どちらも50点の勝利条件を満たさなかった場合は点数の高かったチームが勝ちだけど、上級者モードはここで『最小限抑制《ミニマムペナルティ》』という特殊計算が行われるの。ゴ・ー・ル・数・が・一・番・少・な・い・球・の・点・数・は・ノ・ー・カ・ウ・ン・ト。あ、ただし一億点の不浮《うかばず》の球はオマケだから例外よ。ここで言ってるのはそれ以外の2点球、3点球、10点球ね。

その上でどちらの点数が高いかを決めるってこと。わかった？　わかっ――――』

『お待ちなさいニンフ』

樹人ドライアドの優しげな制止。

その途端、猛烈な勢いで喋《しゃべ》りまくるニンフがハッと我に返った。

『……あれ？　アタシまた二百時間連続で喋ってた？』

『いいえ数十秒。ですがご覧なさい、そこの人間たちがみなポカンとしているでしょう。ルール認識に戸惑っています』

……パンッ。

緑の肌をした半人半植物《ドライアド》が、朗らかに手を打ち鳴らす。

『では具体例を――タイムアップ時に人間《あなたがた》のチームが34点。その内訳が2点球×6回（12点）、3点球×4回（12点）、10点球×1回としましょう。この時、一番ゴール数の少ない球の点数がノーカウントとなる特殊計算が行われるのです』

2点球×6回（12点）。

3点球×4回（12点）。

10点球×1回（10点）。↓カット。

最小限抑制《ミニマムペナルティ》により、ゴール数が少ない10点の点数がカットされる。

よって最終点数は24点。

『この最小限抑制《ミニマムペナルティ》の計算を行った後、互いの最終得点で勝敗が決まるのです』

「……ん？　ってことはだ」

眉をひそめるアシュラン隊長。

「たとえばタイムアップ時に人間チームの点数が上だったとしても、最小限抑制《ミニマムペナルティ》っつぅ判定のせいで点数が逆転するって場合があるわけだ。せっかく10点球で得点しても今みたいな例だとノーカウントだろ？」

『そういうこと』

ニンフ三体が、樹精トレントの枝に止まって。

『点数の高い球ほど最小限抑制《ミニマムペナルティ》を受けると痛い。10点球を有効活用したいなら10点球でたくさん得点すること。ね、トレント？』

『……………………――』

『あ、お前人語喋れないもんねー。アタシがお喋りだからいいけどさ。まあいいわ。これでルール説明はおしまい。人間たち、そっちの十人をとっとと選んでよ」

はて？

神チームは、妖精《ニンフ》と樹人《ドライアド》と樹精《トレント》が三体ずつで九体しかいない。

十人選ぶのは神チームからの慈悲《ハンデ》か？　人間側がうっすらとそんなことを思い描いた矢先に――

『それでは神チーム、最後のメンバーの登場です』

端子精霊《ミイプ》の高らかな宣言に、人間チームは誰もが「はぁ」と溜息《ためいき》をついたのだった。

甘かった。

これは神と人の全力勝負。間違っても慈悲《ハンデ》など存在しないらしい。

『守護獣キーパーベアの登場です！』

『グオオオオォォォォォッッ！』

森の茂みがガサッと揺れる。

茶色の毛皮に身を包んだ「いかにもぬいぐるみです」と言わんばかりにモフモフな熊が飛びだした。

体長ざっと三メートル。

大人の人間さえ子供に見える巨体の熊だ。

『守護獣キーパーベアは攻撃に参加しません。神側の花《ゴール》を守る門番です』

「……この熊は、まさか伝説の⁉」

パールが巨大な熊を指さした。

と思いきや、いそいそと耳打ちしてくる。

「フェイさん、ここだけの話、アタシこの熊の正体を知っています！」

「何だって⁉」

「間違いありません、あれは『森のクマさん』！　有名な童謡でも歌われている、伝説のモフモフ野獣です！」

「……いやキーパーベアって紹介が」

「森のクマさんです！」

「……わかった。それはそれとして、神側は十体なんだな」

このバスケットボールは十vs十。人間側も十人を選出することになる。

では、どんなメンバーを選ぶ？

運動能力に長《た》けたレーシェとネル。もちろんパールの神呪《アライズ》も大いに活躍の機があるだろう。だとすれば――

「おいフェイ」

アシュラン隊長がこちらに振り向くや、手で仕草《ジェスチャー》。

あっち行け（引っ込んでろ）と。

「総合リーダー命令だ。お前んとこのチーム四人は温存する。最初の十人《スタートメンバー》は、俺と俺の『猛火《ブレイズ》』から十人出す」

「え？　っていうと」

「聞いてただろ。このゲームは手荒なラフプレイが公認だ。ゲームの全容が判明する前にお前らが負傷なんてオチは寒い」

「……気持ちは嬉《うれ》しいですけど……」

「なるほど！」

アニータが、感心した面持ちで手を打った。

「つまりゲームの必勝法を探るまでの捨て駒と！　なんて美しい自己犠牲ですの。ならばウチも後半に備えて今は温存されると――」

「お前はスタメンだ」

「はいぃぃぃっっっっ!?」

アニータの表情が引《ひ》き攣《つ》った。

どうやら自分も特別扱いされる側と信じこんでいたらしい。

「アシュラン隊長、いえ総合リーダー！　ウチもお姉さま方と一緒のチームで活動したいですわ！　後半の登場が相応《ふさわ》しいと思いませんか！」

「神さまのラフプレイから生き残ればだな」

「捨て駒扱いは嫌ぁぁぁぁぁぁっっっっ!?」

「ほら行くぞ」

泣き叫ぶアニータの首根っこを掴《つか》まえて、アシュラン隊長が引きずっていく。

審判役である端子精霊《ミイブ》の真下へ――

「総合リーダーは俺。で、スタメンは俺と俺の後ろにいる十人だ」

『ゲーム準備、完了ですね！』
端子精霊《ミイプ》が取りだしたのは黄土色に照り輝く瓢箪《ひょうたん》だ。
あたかも本物のラッパのように、その先端をくわえて構える。
『ユグドラシルの森を舞台に、「神樹の実バスケットボール」の始まりです！』
試合開始の合図——
端子精霊《ミイプ》が吹き鳴らした瓢箪ラッパの音が、ユグドラシルの森にこだました。

VS『神樹の森の守人たち』
ゲーム内容『神樹の実バスケットボール』。
【勝利条件】　50点先取で勝利。
両エリアの大樹が花《ゴール》となり、そこに種子《ボール》を入れれば得点。
【勝利条件2】　タイムアップ時は、点数の高いチームが勝利。
ただし最小限抑制《ミニマムペナルティ》の特殊計算が行われる。
【その他】　四つの種子《ボール》を同時使用。
緑は2点（1kg）。青の3点（2kg）、黄の10点（20kg）。
赤はオマケの1億点（重量∞《ムゲン》）。

森のすべてをギミックとして活用可。


『きゃは！　さあ始まりよ人間たち！』

三体の妖精《ニンフ》が嬌声《きょうせい》を上げて舞い上がる。

『神《アタシら》はこの森を知り尽くしてるし、アンタたちには四分間だけ研究タイムをあげる。作戦を立てるなり、森を見学するなり好きに使うがいいわ！』

「……舐《な》めやがって。だがもらえるハンデは大歓迎だぜ！」

神チーム十体は自陣エリアから動かない。

それを一瞥《いちべつ》したアシュラン隊長が、強気な笑みを浮かべてみせた。

「お前ら集合だ！　いいか四分しかねえ……作戦に二分、この森のギミック考察で二分だ。まずは作戦だが――」

「アシュラン隊長、僭越《せんえつ》ながら！」

コート外。

フェイの隣に立つネルが、叫んだ。

「これはゲームだが競技《スポーツ》だ！　競技《スポーツ》ならば最重要は役割《ポジション》決定。攻撃《オフェンス》と防御《ディフェンス》がそれぞれ何人ずつか決めておくことが重要だ」

「おうよネル！　攻撃《オフェンス》と防御《ディフェンス》は何人ずつだ！」

「……わからない」

「そこ一番大事なとこだろっ!?　くそっ、なら試合中に調整だ。ひとまず攻撃《オフェンス》と防御《ディフェンス》は五人ずつでどうだ。攻撃《オフェンス》が得意そうな奴《やつ》は……ゼシィ、グラットン、ダンと俺か。あとアニータ、お前どっちがいい？」

「お待ちをリーダー！」

訊《たず》ねられたアニータが、ここぞとばかりに待ったをかけた。

「大事なことを忘れてませんか」

「……何だ？」

「この遊戯はボールが四つ。攻撃《オフェンス》五人で四つのボールを抱えても、ろくにパスもできません。各個撃破されてボールを奪われるだけですわ」

「あっ!?　じゃあ攻撃《オフェンス》を増やすか……四つのボールを抱えて走るから最低四人で、そこにパス役がいるとなると攻撃《オフェンス》八人だな！」

「防御《ディフェンス》が二人では守りきれません」

「ど―――しろって言うんだよ!?」

アシュラン隊長が頭を掻《か》きむしる。

そんな人間の総合リーダーを見下ろして、妖精が腹を抱えて笑いだした。

『きゃはは っ！　四分ってあっという間ねぇ。もう二分経《た》っちゃったわよ？』

「なにぃっ!?　や、やべぇ……！」

早くも二分経過。

なのに攻撃《オフェンス》と防御《ディフェンス》の比率さえ絞りきれていない。

『無理もありませんよ妖精《ニンフ》。これは人間のバスケットボールと大きく違います』

腕組みする樹人《ドライアド》の微笑。

むろん憐《あわ》れみではなく、圧倒的な余裕の表れだろう。

『方針を決めかねている模様。では人間、一つゲームのヒントをさしあげましょう。ぜひ活用してください』

樹人《ドライアド》三体が、揃《そろ》って両手を広げてみせた。

『この勝負、神《わたしたち》は、常にある作戦《プラン》に基づいて動きます』

「何だと!?」

『我々の完全勝利のための戦術と言い換えても良いですよ。その作戦《プラン》を実現できるよう神《われわれ》は動きます』

「……ご丁寧なネタばらし感謝するぜ。ってことは」

ごくり、と。アシュラン隊長が喉を動かした。

「神の作戦《ルール》を当ててみせろってことか。そうすりゃ人間《オレら》にも勝ち目があると」

『さあどうでしょう』

樹人《ドライアド》がニコリと微笑。

『この遊戯は何でもアリです。知恵と身体《からだ》と神呪《アライズ》のすべてで挑んできてください』

「おうよ、挑んでやろうじゃねえか！」

研究タイムは残り一分。

先頭を切ってアシュラン隊長が大地を蹴った。四つの種子《ボール》が落ちたコート中央を目指し、さらにチーム『猛火《ブレイズ》』の部下が後を追いかける。

――その勇姿を。

コート外から声を上げて応援するのがパールとネル。

対照的に、切り株に座り込んで無言を保っているのがフェイとレーシェ。

「……神の作戦《プラン》か」

自分《フェイ》とて応援したい気持ちは同じ。

だが無言で拳を握りしめ、その衝動を意識外に押しやった。リーダー《アシュラン》に任された自分《フェイ》の役割は、応援ではなく洞察なのだから。

攻略ステップ１：神の作戦《プラン》を見破ること。
攻略ステップ２：神の作戦《プラン》を超える作戦《プラン》を組み立てること。

この遊戯。

恐らくは時間との戦い・・・・・・になる。

「お前ら、攻撃《オフェンス》と防御《ディフェンス》はひとまず五：五だ。さっき言った面子《メンツ》でいくぞ！」

コートを駆けるアシュラン隊長が、発破をかける。

「攻撃《オフェンス》五人は俺についてこい、アニータお前もだ！」

「そ、そっちはコート中央ですわ！」

慌てて追いかけるアニータ。

アシュラン隊長の背中を見上げて、とにかく早口で――

「役割《ポジション》がまとまったのなら、次はこの森のギミック考察では⁉」

「そんなものはねぇ！」

「無い⁉」

「大事なことを忘れてたぜ、そもそもコイツで一発勝利なんだってな！」

アシュランが指さしたのは赤色の種子《ボール》。

不浮《うかばず》の実。

四つの種子《ボール》で最も大きい。その見返りとして一発勝利の一億点だ。

「コイツの重さを計るのも研究タイムの内だ。持ち上げられなくてもサッカーのドリブルみたく地面を転がしゃいいだけで……ん？……あ、あれ？」

アシュラン隊長の動きが止まった。

直径二メートルはあろう赤の種子《ボール》を必死に押すが、種子《ボール》はピクリとも動かない。

「く……さすがに重てぇじゃねえか！　お前ら手伝え！」

攻撃《オフェンス》の五人掛かりで押してもまだ動かない。

「……ぐっ⁉　なら全員でタックルだ！」

人間側の十人全員で突撃。

その勢いと衝撃に押されて赤の種子《ボール》がピクッと動いた。
・・・・・ただし数ミリだけ。転がる気配もない。
「重たいって次元じゃねえぞ⁉」

アシュラン隊長が悲鳴。

重いとは思っていたが、まさかここまで無茶苦茶《むちゃくちゃ》な重さとは。

「無理だろこれは！　おい端子精霊《ミイプ》！」

『オマケ要素ですし』

「さも『私は言いました』みたいな顔すんじゃねえよ⁉……お前ら切り替えるぞ。狙いはこっちの小さいボール三つだ！」

と――

アシュランが三つの種子《ボール》を指さしたと同時、神チームが動きだした。

『四分経過。研究タイムを有意義には使えなかったようですね』

草原を走りだす樹人《ドライアド》。

穏やかな声と緩やかな挙動に反し、その疾走速度は恐ろしく速く軽やかだ。

『きゃはっ！　不浮《うかばず》の実なんて欲を出したのが運の尽き。さあ行くのよトレント！』

妖精《ニンフ》の甲高い笑い声。

その妖精《ニンフ》が枝葉に止まった樹精《トレント》が、足代わりの根っこを動かして近づいてくる。

樹人《ドライアド》が俊足ならば――

後を追う樹精《トレント》はさながら巨大な壁が迫ってくるかのような迫力だ。

『さあ樹人《ドライアド》、樹精《トレント》！　まずは陣　形《フォーメーション》8よ！』

「……陣　形《フォーメーション》8だと⁉」

アシュラン隊長の表情が引《ひ》き攣《つ》った。

神チームの動きは常に「ある作戦《プラン》」に基づいている。だが今の号令から察するに、その作戦《プラン》に合わせて最低でも1～8の陣　形《フォーメーション》が用意されているのだ。

切り札《カード》の数が違いすぎる。

「やべえ、神《むこう》の作戦《プラン》が読めねぇ！」

「だから言ったではありませんかぁぁぁぁっっっっっ!?」

頭を抱えるアシュラン隊長と、通り過ぎざまに突っ込むアニータ。

「まずは種子《ボール》の確保ですわリーダー！　神の作戦《プラン》が読めずとも、こちらが種子《ボール》を独占すれば計画を挫《くじ》けるはず！」

「なら当然10点球だな！」

2点球（1kg）、3点球（2kg）、10点球（20kg）。

アシュラン隊長が手を伸ばした瞬間、横から伸びてきた樹精《トレント》の根っこがその手をはねのけた。

「あっ!?」

『樹精《トレント》の触手はこう見えて器用なのですよ』

地を転がっていく10点球。

アシュランの部下が拾い上げる間もなく、10点球を抱え上げたのは樹人《ドライアド》。その流れで、バレーボールのトスのように空高くへと打ち上げる。

『パスします妖精《ニンフ》』

『きゃはっ！　きたきた任せなよ樹人《ドライアド》！』

ボールの落下位置にいるのは妖精《ニンフ》。

人間の掌《てのひら》サイズしかない小人に、20kgもの種子《ボール》は受けとめきれないのでは？

『風よ、舞《ま》われ舞《ま》われ舞われー』

妖精《ニンフ》が風魔法を発動。

噴き上がる風が、10点球を宙で受けとめた。

「防御《ディフェンス》五人、あの10点球をゴールに近づかせるんじゃねえ！」

「ご覧くださいリーダー！　2点球と3点球が残ってますわ、神チームは10点球に人員を集中し過ぎています！」

「何だと⁉」

アニータが走っていく先には、地面に落ちたままの種子《ボール》が二つ。

神チームは七体で10点球を取りにきた。その代償で、2点球と3点球はまだ手つかずのままなのだ。

「だ、だけどよ……この二つ足しても5点だぞ。10点球でゴールされたら差し引き5点の損じゃねえか！」

「いえ！　わたくし閃《ひらめ》きました！」

アニータが2点球を抱え上げた。

「このゲームの攻略の鍵、それはズバリ最適な点数効率です！　具体的には一人あたりの基準値1・5点、これを越える陣形《フォーメーション》が鍵と見ました！」

三つの種子《ボール》の総得点は15点（2＋3＋10）。

一チーム十人。

つまり一人あたり1・5点が点数効率の目安。

「神チームは10点球に七体も集中させていますわ。七体で10点を稼いでも一人あたり1・4点。これは逆に非効率ですわ！」

「……ってことは俺らはその逆をいく！」

「そのとおり！　がら空きの2点球と3点球。これを二人で運べばなんと一人2・5点！我々は残り八人で10点球の妨害をすればよいのです！」

作戦はこうだ。

神チームが軽視した2点球と3点球（計5得点）。

これをアニータとアシュランで入手。

人間チームの残り八人は、自陣の大樹に登って花《ゴール》の前で徹底防衛。

「こちらが八人で花《ゴール》を守れば、いかに神といえど10点球での得点は至難。向こうが0点のままこちらは5点稼げばいいのです！」

その大前提として――

神チームより早く2点球と3点球を確保する。

「3点球確保したぜ！」

「わたくしも2点球を取りましたわ！……ふふっ。神は強欲に10点球を重視していますが、点数の低いこちらの種子《ボール》こそが勝敗を分かつと見ましたの！」

アシュラン隊長、アニータが種子《ボール》を抱える。

その瞬間、ぱっと草を巻き上げて二体の樹人《ドライアド》が追いかけてきた。

『おっと回収されましたか。でも花《ゴール》まで種子《ボール》を投げられますか？』

「ぐっ……！」

頭上五十メートルの花を見上げるアシュラン。

種子《ボール》を投げようと振りかぶるが、一瞬の制止の後、歯を食いしばって再び走りだす。

——膂力《りょりょく》が足りない。

アシュランの神呪《アライズ》は肉体強化の超人型だが、重さ2kgもの種子《ボール》を花《ゴール》に届かせる程の腕力はないと判断したのだ。

「おいアニータ！　お前の神呪《アライズ》は全身が鋼になるんだっけか？」

「鋼になるのではなく、ウチの『身も心も鋼鉄に《アイアン・ハート》』は鋼みたいに硬くなるだけですわ！」

「超人型だよな、あそこまで種子《ボール》を投げられるか！」

「……厳しいですわ！」

「俺もだ。じゃあ花《ゴール》まで駆け上がるぞ！」

種子《ボール》を脇に抱えて駆ける。

大自然の森だけあって地面は凸凹《でこぼこ》だらけ。巨大な木の根がそこかしこに突きだしていて、わずかでも気を弛《ゆる》めればすぐさま足を根に取られて転ぶだろう。

「急げ！　後ろの樹人《ドライアド》がとにかく足が速《はえ》ぇ！　追いつかれたら面倒だ！」

「アシュラン隊長！　隊長の神呪《アライズ》『安全自動車《セーフドライバー》』は確か……」

「声がでかくなる。あと耳がちっとばかし良くなる」

「地味!?」

「地味っていうな！　こんなゲームなら役に立つんだよ――――――お前ら！」

後方の部下たちに向け、アシュランは声を振り絞った。

神呪《アライズ》『安全自動車《セーフドライバー》』はいわば歩く拡声器《スピーカー》。

神々の遊びのフィールドは広大だ。そこで意外な難題として立ちはだかるのが「フィールドが広すぎて味方の声が届かない＝意思疎通ができない」問題だ。

アシュランの神呪《アライズ》はそれを打破する。

大波、嵐や雪崩《なだれ》の轟音《ごうおん》など、あらゆる環境音を突破して声を届かせる。

「攻撃《オフェンス》は任せろ。防御《ディフェンス》はゴールを死守だ！」

後方五十メートル。

アシュラン隊長の部下が一斉に頷《うなず》くや、頭上の枝葉に飛び移った。

枝から枝へ。丸太のように太いユグドラシルの枝は、人間数人がまとめて飛び乗ってもビクともしない。

花《ゴール》の前で身構える人間チーム八人。

そこへ——

神チームの気配が登ってきた。

『きゃはっ！　さあ樹精《トレント》、そのまま突撃！』

風魔法の竜巻で、10点球を宙に浮かせた妖精《ニンフ》。

その後方から凄《すさ》まじい足音を響かせ、巨大な切り株——樹精《トレント》が迫ってきたではないか。

「早い……!?」

「ユグドラシルの幹を真上に駆け上がってきただと!?」

人間側の防御陣営《デイフェンス》が枝を足場にして登ってきたのに対し、樹精《トレント》はそびえ立つユグドラシルの幹を真上に駆け上がってきたのだ。

『きゃはっ！　いっけ——樹精《トレント》！』

三体の樹精《トレント》が、人間側の花《ゴール》めがけて暴走機関車さながらの突進。

花《ゴール》を守る人間チームに突き刺さる。

「うああああああっっっ!?」

大樹ユグドラシルの枝の上で、チーム『猛火《ブレイズ》』のメンバーが宙を舞う。

樹精《トレント》の突撃に弾《はじ》き飛ばされたのだ。

『あははは！　これで花は無防備よ。ほいシュート！』

から空きの花《ゴール》めがけ、妖精《ニンフ》が種子《ボール》を放り投げる。

旋風に操られた10点球が弧を描いてそのまま花へ――――それが、大輪の花にスポッと収まる寸前に、ピタリと空中で止まった。

――風が逆巻いた。

ボールを押しこむ風に、ボールを押し返す逆向きの風がぶつかったのだ。

『ありゃ？』

「……風魔法は……神《あなた》だけが使えるわけではありません！」

枝葉に倒れた銀髪の少女。

樹精《トレント》の突撃に弾かれながらも、魔法士の少女が必死に手を前に突きだしていた。

風魔法vs風魔法。

神の旋風と人間の旋風が、一つのボールの制御権を巡って渦を巻いている。

「チーム『猛火《ブレイズ》』の新人です。どうぞお見知りおきを！」

「おおラックス！　お前、新人のくせにやるじゃねえか！」

「……急いでください隊長！」

アシュラン隊長に褒められながらも、ラックスと呼ばれた少女は必死の形相だ。

「どんどん押し込まれてます！　長くは抑えきれません、早く得点を！」

「任せとけ！」

アシュラン隊長が眼下を見やる。

いつの間に近づいてきたのか――大樹の葉に溶けこむように、葉と同じ新緑色をした樹人《ドライアド》二体がこっそり近づいてきていたのだ。

『あら見つかっちゃいました？』

「急げアニータ！」

枝から伸びた蔓《つる》に飛び乗るアシュラン隊長。

ロープ渡りさながらに、大きく揺れる蔓の上を走って神チームの花《ゴール》へ。

『グオオオォォォオッツ！』

獣の咆吼《ほうこう》。

鬱蒼《うっそう》と茂る大樹の葉の重なりから、茶色の巨体が飛びだした。

「何だ⁉」

「あ、あいつですわ隊長！　ええと守護獣の――……」

「森のクマさんですね！」

しんっ。

地上で一部始終を見ていたパールの一声に、場が凍りついた。

「…………」

「…………」

神チームが「……何その名前？」と振り向いて。

当の守護獣キーパーベアさえも「え？　それ自分の名前？」と言うように呆気《あっけ》に取られてポカンとしている。

その隙に――

「今ですわ隊長！」

「隙ありだぜ熊さんよ――――――っ！」

一瞬早く我に返ったアニータとアシュラン隊長が、花《ゴール》めがけてボールを叩《たた》きつけた。

呆《ほう》けたままの守護獣キーパーベアは当然無視である。

『ゴール！』

『これはすごい！　人間チームに5点追加です！』

これには端子精霊《ミイプ》も大はしゃぎ。

神チームが圧倒的な地の利を持つ森で、まさか最初の得点が人間チームとは。

『何やってるのよー!?　キーパーベア!?』

はるか彼方《かなた》、人間側の花《ゴール》から妖精《ニンフ》の怒号。

『神《こっち》は攻めに数割いてるの！　アンタが花《ゴール》を守らなきゃどうしようもないでしょ！　おかげで5点も先制されたじゃない！』

『……グルル』

『構いませんよ』

妖精《ニンフ》に代わって。

そう二の句を継いだのは、地上を走る樹人《ドライアド》二体だった。

『5点取られたのなら10点取り返せばいいだけのこと』

「むっ？」

真っ先に違和感に気づいたのは、ネルだった。

おかしい。地上を走っている樹人《ドライアド》は、神チーム側の大樹を登っていた二体だ。それが早くも樹から飛び降りて地上にいる。

「っ、そういう事か！　アシュラン隊長！」

ネルが声を張り上げた。

この距離では届かない。それも覚悟の上で。

「戻れ、神は九体でゴールを狙う気だ！」

『遅いのですよ。弾《はじ》けよ花たち』

樹人《ドライアド》三体が指を打ち鳴らすと同時、ユグドラシルの枝にある無数の蕾《つぼみ》がポンッと音を立てて弾け、そこから機関銃のごとく種が撃ちだされた。

「あ痛っっ!?」

種の弾丸に撃たれて人間チームの数人が落下。

これが樹人《ドライアド》の草魔法。

妖精《ニンフ》の風魔法に対して、こちらはユグドラシルの森の草花を自在に操る能力だ。

さらに――

『いっけー樹精《トレント》!』

妖精《ニンフ》を乗せた巨体の再突撃。ようやく起き上がりつつあった使徒たちが、さらに悲鳴をあげてユグドラシルの幹に叩《たた》きつけられる。

「みんな!?」

風の魔法士ラックスが目をみひらいた。

人間側で動けるのは自分一人。

なのに神は、目の前に三体もの妖精《ニンフ》が集結している。

『ざんねーん！　人間一体の魔法で勝てるわけないでしょ！』

「……きゃぁあああっっ!?」

妖精《ニンフ》の放った風が勢いを増し、魔法士の少女を弾き飛ばした。

倒れた人間チーム八人。

無防備になった花めがけて、妖精《ニンフ》が悠々と10点球を放り投げる。

『10点球ゴール！』

『点数は5対10、神チームの逆転です！』


やられた。

人間チームの誰もが心中そう叫んだだろう。

人間の球技とは違う。サッカー、バスケット、卓球、テニスなど。人間のあらゆる球技は「点を取った後にゲームを仕切り直す」。

なぜならボールが一つだから。

ゴール後に、そのボールを所定のリスタート位置に戻す一手間がある。

「この球技にはそれがない……」

ネルが拳を握りしめる。

気づくのが遅れたという歯がゆさで。

「点数配分の異なるボールが四つ。一つのボールで得点しようが残り三つのボールの攻防は一秒たりとも止まらない……！」

アニータとアシュラン隊長は、ほっと一息ついてしまったのだ。

2点球と3点球でゴールした。

これで一瞬「仕切り直し」があると気を弛《ゆる》めた。その隙に神チームの樹人《ドライアド》は逆走し、10点球に全メンバーを集結させた。

それが人間と神の競技《スポーツ》の違い。

神は止まらないのだ。

――今も、この先も。

一秒とてゲーム進行が止まらないRTS《リアルタイムストラテジー》型スポーツ。

チェスさながらに柔軟な盤面修正と駆け引きが求められる。……と同時に、ここまでの神チームの連携がすべて「ある作戦」に基づいているという。


神の作戦《プラン》、その正体は何だ？


『きゃはっ！　もう5点差、これが決定打にならないといいわねぇ？』

「……まだまだ！」

アシュラン隊長が奥歯を噛《か》みしめる。

その隣に立つアニータも、そして吹き飛ばされた部下たちもまだ闘志の火は消えてない。

全員が奮起のまなざしで神チームを睨《にら》みつける。

「リーダー、神の作戦《プラン》とやらの正体は……」

「焦《あせ》るなアニータ。まだ試合は始まったばっかりだ！」

まだ答えは出ない。

神チームがそれを許さないのだ。徹底的に攻撃のテンポを速めることで、人間チームに、思考に費やす時間を与えない。

その中で。

フェイだけが、コート外からまったく別のものを凝視していた。

「――――」

蜜・時・計。

ぽたり、ぽたり、と。

頭上から黄金色の蜜が一滴ずつ垂れては器に落ちていく。その様を凝視して。

「もしも神の作戦《プラン》が………だとすると、……アレを逆に利用できないか？」

わずか一言の呟《つぶや》き。

フェイの呟きを聞き取ったのは、隣に立つ炎燈色《ヴァーミリオン》の髪の少女だけだった。

Chapter

Intermission　だから我は無敗なんだよね

God's Game We Play

神秘法院ルイン支部──

その地下にあるダイヴセンターで、ミランダは直立不動で立ち続けていた。

「……あーだるい。足が辛《つら》い……」

もう一時間近く棒立ちである。

普段なら、後ろにあるソファーに背を預け、楽な態勢で神々の遊びを見守ることができているはずなのに。

「……フェイ君たち、神眼レンズを着用してないしね」

神秘法院にもゲーム映像が送られてこない。

なぜなら冥界神《アヌビス》による「プレイヤーが強制的に迷宮に集められた事件」があり、巨神像の異常が発覚したからだ。

今回はその異常が直ったかどうかのテストプレイ。一般公開されていない。

とはいえ──

理由がそれだけならば、ミランダは悠々とソファーに座っていたのだが。

「人間」

「は、はいぃぃいぃいっっっ！」

直ちに背筋を伸ばす。

そう。コレこそが、ミランダが気楽に振る舞えない理由である。

自分より立場が上の者がいる。

それも圧倒的に、超絶的に、究極的に格上の――神が。

「いかがなさいましたかウロボロス様！」

巨神像の上であぐら座りの、銀髪の少女。

無限神ウロボロスが精神体《スピリチュアル》として人間世界にやってきた姿だが、この神がいるせいでミランダも迂闊《うかつ》にくつろげないのだ。

「話がある」

「はいっ！」

「このピザおいしいね！」

もぐもぐと、無言でピザを食べていた少女がぱっと表情を明るくした。

「薄く香ばしく焼かれたピザ生地の上に、四種類のチーズがたっぷり乗っていて実に好《い》い。無敗の我も危うくやられるところだったよ！」

「ちなみにこのピザ、蜂蜜を少しかけるとさらに美味《おい》しくなりますが」

「何だって⁉」

ミランダが言い終わるのを待たず、ウロボロスが目をみひらいた。

「ピザに蜂蜜をかけると言うのかい⁉」

「はい。チーズの塩気に蜂蜜の甘みが絶妙に合うのです。試されますか？」

「試す！」

「直ちにお持ちします……ところでウロボロス様」

今が絶好の機《チャンス》。

美味《おい》しいものを食べてご機嫌な神に、ミランダは慎重な口ぶりで言葉を続けた。ここで怒らせては元も子もない。

「ウロボロス様がお調べになっている巨神像の異常、何か手がかりは……」

「――――」

「あっ⁉　い、いえ急《せ》かしているわけではありません！　あの、その……ウロボロス様のお好きなよう調べて頂けたら――」

「もうわかったよ」

「……へ？」

「ふふん。これでも我は大人気ゲームの主だからね。可愛《かわい》くて人気者で愛され者だしね、だから我は無敗なのさ！」

「…………………はい」

今の「大人気～」のくだりは調査と何か関係があったのでしょうか。

喉元まで出かけた言葉を、ミランダは危うく呑《の》みこんだ。

「差し支えなければぜひご説明を」

「いいよ！」

銀髪の神が、巨神像から飛び降りた。

ミランダの目の前へ。


「神の仕掛けは二つあった。巨神像と――」


ウロボロスが見つめたのはミランダの手元だ。

ミランダが握りしめていた黒い小型機器を見下ろして。

「これ」

「神眼レンズですが!?」

思わず言い返してしまった。

神眼レンズはただの機械だ。神秘法院本部から支部に送られてきたもので、すべての使徒が装備している。

「さっき我が弾《はじ》かれたのは巨神像に仕掛けがあったから。あとほら、人間が一つの遊戯に集められて騒いでいただろう？　迷宮《ルシエイメア》のやつで」

「は、はい……」

「その仕掛けはこっち」

再び神眼レンズを指さすウロボロス。

「んー……鎖のついた首輪みたいな感じ？　神が鎖を引っ張ることで、首輪のついた人間を手元に引き寄せられるようにね」

「これが……神の首輪だと⁉」


神眼レンズは神の首輪で、使徒は自らその首輪を填《は》めていた。


あとは神の思うがまま——

鎖を引っ張ることで、首輪をつけた使徒たちが一箇所に引き寄せられる。

それが迷宮ルシエイメアの真相だったのだ。

「ウロボロス様以外にも神が……？」

「うん。たぶん迷宮で我にちょっかい出してきたのと同じ神かな？」

そして神がクルリと反転。

「力の出所は、あっち」

「……そこは壁ですが」

「大陸のあっち側。世界地図ある？　ああ、この辺りかな」

壁に飾られた世界地図。

ウロボロスの小さな指先が示した先は――

「……神話都市ヘケト＝シェラザード………ウロボロス様、ここはその……神秘法院の本部がある場所ですが」

「うん」

ウロボロスがあっさりと頷《うなず》いた。

その事実自体にはさほど興味がないのか、床に置かれていたジンジャエールの缶を拾い上げながら。

「何かの神がいる。それも複数」

Chapter

Player.2　VS神樹の守り手　―神樹の実バスケット②―

God's Game We Play

1

遊戯『神樹の実バスケット』。試合2分50秒時点にて――

神チーム10点（10点球×1）。

人間チーム5点（2点球×1、3点球×1）。

『ゴールにつき新しい種子《ボール》が供給されます！』


トスッ、ドスッ、ミシッ……と。

そんな擬音で表わせそうな音を響かせて、ユグドラシルの木々から次々と三色の実が落ちてきた。

2点球、3点球、10点球。

ほぼ三つ同時のゴールだったためか、実が落ちてくるタイミングもほぼ同じだ。

「いくぜ、仕切り直しだ！」

『きゃはっ！　ゲームは掴《つか》めたかしら。楽しく遊びましょー！』

吼《ほ》えるアシュラン隊長に、愉快げに応じる妖精《ニンフ》。

種子《ボール》が落ちたのはコート中央。

人間と神の両チームが、三つのボールめがけて走っていく。

「くそっ……全員急げ！　不浮《うかばず》の種子《ボール》とかいう問題児はさておき、こっちの三つはどれも捨てられねぇぞ！」

種子《ボール》は三つ。

2点球、3点球、10点球に対し、互いに十人という人数《リソース》をどう分ける？

「神側《むこう》はどうだ!?」

『おそいおそいーっ！』

宙から降りそそぐ妖精《ニンフ》の嘲笑。

『こっちの動きを見てから動こうだなんて、そんなんじゃこのゲームのテンポに追いつけないの。というわけで頂きよ樹精《トレント》！』

切り株めいた樹精《トレント》が木の根を伸ばす。

鞭《むち》のようにしなやかな根っこが10点球をクルリと巻き上げるや、横を走る樹人《ドライアド》にパス。

その樹人《ドライアド》が、バレーのレシーブさながらに奥の樹人《ドライアド》へと打ち上げる。

なんと淀《よど》みなき連携だろう。

「速《はえ》ぇえっ!?　お前ら後退だ、花《ゴール》を守れ！」

「でも……全員で後退しては2点球と3点球まで向こうに奪われますわ。防戦一方では勝てません！」

コートを見渡すアニータが、歯がみ。

神チームは——

樹精《トレント》と樹人《ドライアド》の六体が10点球をパスしながら大樹に接近してくる。

さらに妖精《ニンフ》が2点球と3点球へと飛んでいる。

「こちらも六人で応戦ですわ！　10点球を六人で奪い、2点球と3点球を四人で確保です」

『だからおそいおそいーっ！　こっちもアタシたちが頂きよ！』

空から妖精《ニンフ》三体が急降下。2点球と3点球を抱えようとして——

『……あれ？』

『……ちょ、ちょっと重いわねこの種子《ボール》！』

妖精《ニンフ》三体が顔をしかめた。種子《ボール》を持ち上げようにも、小柄な妖精《ニンフ》の腕と羽根とでは思うように持ち上げられないらしい。

『まあいいわ、ならば風で舞い上げちゃえ！』

「はっ、非力だな神さまよ！　遅いぜ！」

『え？』

妖精《ニンフ》は気にも留めていなかった。

背後から迫るアシュラン隊長の横で、部下の青年が両手を突きだしていたことを。

「やれグラットン！」

「重力魔法、発動します！」

黒の魔法陣――

妖精《ニンフ》たちの真下に魔法陣が描かれると同時、「ずんっ！」と大気が軋《きし》みを上げた。

『きゃっ!?』

『身体《からだ》が重い!?』

重力七倍。

妖精《ニンフ》が自らの体重変化に気づいた時には――

2点球（1kg）、3点球（2kg）がそれぞれ質量七倍へ。その重みに耐えきれなかった妖精《ニンフ》の手から、緑と青の果実が滑り落ちるように落下する。

『しまっ……!?』

「隊長、確保しました！」

そこへ追いついた赤毛の少女が、2点球をアシュラン隊長へと軽々と放り投げ、さらに3点球を自ら脇に抱えて走りだす。

「どうだ俺のチームは！　グラットンは入隊二年目の魔法士でな、そっちの赤毛はゼシィ。あんな華奢《きゃしゃ》でも歴《れっき》とした超人型で、大型バイクも簡単に担げ――　」

「隊長、後ろですわ！」

「うおっっ⁉」

妖精《ニンフ》の放った暴風。

アニータの咄嗟《とっさ》の一声に応じていなければ、アシュラン隊長は2点球もろとも空高くに噴き上げられていたことだろう。

「ナイスパスです隊長！　あなたの犠牲は無駄にはしませんの！」

2点球を受け取るアニータ。

なおアシュラン本人は種子《ボール》をパスするのに精一杯で暴風をもろに浴び、宙を舞いながら地面に墜落だ。

「いててて……ゼシィ、アニータ！　その種子《ボール》意地でも手放すんじゃねえぞ。グラットン、俺は放っておけ、アイツらを支援だ！」

「言われなくてもですわ！」

2点球を抱えたアニータが神側のコートを突っ走る。

花の咲く大樹《ゴール》へ。

地面から出た根に飛び乗り、そこを走って幹の窪《くぼ》みに飛び移る。さらに幹から突きでた瘤《こぶ》を足場にして上へ上へと跳躍。

『人間のくせに樹を登るの早いじゃない！』

『でもだーめ。飛んでるアタシたちより早く登れるわけないしー？』

羽音が急接近。

眼下から、妖精《ニンフ》が猛烈な速度で近づいてきて――

「グラットンさんとやら！　最大出力で！」

「重力十倍、展開！」

黒の魔法陣が光輝いた。

地上から照射された光が、今まさにアニータに迫りつつある上空の妖精《ニンフ》を照らしだす。

『ってまた身体《からだ》重たい――――っ!?』

『重力魔法、アタシたち大嫌いなのよぉぉぉぉっっ!?』

三体まとめて地上に落下。

これで神チーム側の追っ手は消えた。

「素晴らしいですわチーム『猛火《ブレイズ》』の皆さん。あとは花《ゴール》まで登るだけですわ！」

浮島のように連続する幹の瘤。

すでに現在地は高さ二十メートル以上。足を滑らせて飛び損ねれば地上に墜落して為《な》す術《すべ》なく強制退場《ゲームオーバー》。慎重に、かつ速度は落とさぬように。

「行きますわ！」

幹から枝葉に飛び移る。

種子《ボール》を抱えたアニータとゼシィ、支援役のグラットンが到着。

真っ白い花めがけて三人が走って——

『グオオオォォォッッ！』

そこに茶色のモフモフ毛皮をした巨獣が立ちはだかった。

「出ましたわね森のクマさん！」

神チームの花《ゴール》を守る番人だ。

一度目はパールの異名（愛称）に怯《ひる》んだが、二度通すつもりはないらしい。

「ふ……しかし憐《あわ》れですわね。今しがた仲間の妖精《ニンフ》が墜落していったのを見たでしょう。

さあグラットンさん！」

「発動！」

森のクマさんの立つ枝上に、黒の魔法陣が浮かび上がる。

三度目の発動——強力無比なる重力の網が、そこに立つ者をことごとく地に縫い止める。

『グオオオォォォッッ！』

「効いてない⁉」

「ま、まずいですわ！　逃げるのですグラットンさん！」

突撃してくる森のクマさん。

黒の魔法陣の範囲内にいるにもかかわらず、四つ脚で、凄《すさ》まじい勢いでこちらに向かってくるではないか。

「そんな⁉　十倍の重力で走ってくるなんて、どれだけの筋力……ぐっ⁉」

グラットンの身が宙に浮いた。

重力魔法など意にも介さぬクマの巨体に弾《はじ》かれ、背中から幹に叩《たた》きつけられる。

だがその隙に――

少女ゼシィが、花《ゴール》めがけて3点球を投げる。

「これで3点っ！……えっ⁉」

『グオオオォォォォッツッ！』

ゼシィが叩きつけるように投じた種子《ボール》が、弾かれた。

グラットンを弾き飛ばした森のクマさんが、振り向いたゼシィの背後から手を伸ばし、空中の種子《ボール》を弾いたのだ。

「嘘《うそ》……こんな巨体なのに速すぎる……！」

とてつもない反応速度と俊敏性。

これが神チームで番人を任される守護獣だ。どれだけの速さで種子《ボール》を投げようと、おそらく即座に反応して弾いてしまう。

「っ、いいえ！　投げたボールが弾《はじ》かれるなら！」

アニータは2点球を抱えたまま跳躍した。巨大な葉をトランポリン代わりに弾ませて、ざっと花の上五メートル近くまで飛翔《ひしょう》。

——森のクマさんの頭上を飛び越える。

2点球を両手でぎゅっと抱きかかえ、アニータは真下の花《ゴール》めがけて垂直に落下した。

「ウチごと落ちればいいのです！」

「……アニータ隊長⁉」

ゼシィが声を引《ひ》き攣《つ》らせた。

五メートル真下の花《ゴール》めがけて真っ逆さまに落下……いや墜落だ。2点球で得点しようと頭から落下すればアニータ本人は大けがを免《まぬか》れない。

『2点球ゴール！』

『これで点数は7対10、人間チームが猛追です！』

端子精霊《ミイブ》の宣言がこだまする。

だがアニータは？

そう思った矢先、花《ゴール》の中から、ピンク色の髪の少女が這《は》い上がってきた。

「……うう。花に飛びこんだせいで頭まで花粉まみれですわ」

神呪《アライズ》『身も心も鋼鉄に《アイアン・ハート》』。

全身を鋼のように硬化させる能力で、アニータは危険な墜落に耐えたのだ。

「ウチは無事です！　さあ、さらに差が縮まりましたわ！」

地上で、新たな2点球が供給されて落ちてくる。

さらに守護獣《キーパーベア》が弾《はじ》いた3点球も地面まで落下してきて——

「確保は任せな！」

二つの種子《ボール》を受けとめるアシュラン隊長。

足を止めていたところにボールが落ちるという、運にも味方された状況だ。

「これで7対10！　いける、流れはこっちにあるぜ！」


『ふふ……そんなに優しい遊戯ではないですよ』


森に伝わる妖艶な微笑。

それは人間側の大樹から風に乗って聞こえてきた。

『7対10でも、私たちが10点球を持っていることをお忘れなく。むしろ点差はここから開くのですよ』

花《ゴール》手前で睨《にら》みあう人間チームと神チーム。

人数は六対六。神チームの巧妙なパス回しに翻弄されてここまで登られてしまったが、花《ゴール》手前で何としてでも守らねば。

「ここで食い止めるぞ！」

チーム『猛火《ブレイズ》』の副隊長が声を張り上げた。

彼の全身は泥だらけ。樹精《トレント》の突撃を防ごうと勇猛果敢に挑み、何度となく弾き飛ばされた跡である。

「2点球と3点球はこっちの物だ。ここで俺たちが10点球を止め続ければ逆転する！」

『そんな優しい遊戯ではないと言ったでしょう？　行くのです樹精《トレント》！』

「――ぐっ！　全員、避《よ》けろ！」

六人の使徒が一斉に身構えた。

もう幾度となく味わった樹精《トレント》の特技『踏み荒らし《オーバー・ストンピィ》』。直線上にしか走れないが、突撃軌道上のあらゆる障害を無条件で弾き飛ばす。

受けとめようにも弾かれるなら、諦めて道を開けるしかない。

が。

「……え？」

左右に退《ど》いた六人が目を丸くした。

樹精《トレント》・・・・・の突撃が来ない。

『ふふ、宣言したからといって必殺技を出すとは限りませんよ？』

樹人《ドライアド》が枝を蹴って加速。

人間チームが自ら左右に逃げたことで、花《ゴール》までの道はがら空きに。

『樹精《トレント》の突撃「踏み荒らし《オーバー・ストンピィ》」は発動ごとに30秒の充填時間《クールダウン》がいる。その事に気づくのが遅れましたね』

「嘘《ブラフ》だと!?」

逆手に取られた。

樹精《トレント》の突撃は避《よ》けろ。その学習能力をだ。

――妖精ニンフ：非力なかわりに空中移動できる。特技「風魔法」。

――樹人ドライアド：もっとも俊敏で運動能力が高い。特技は「草魔法」、

――樹精トレント：もっとも力があるかわりに鈍重。特技は「突撃」。

――守護獣キーパーベア：力と敏捷性《びんしょうせい》を兼ね備えるが、守備専門。

神チームの個性は把握していた。

いや、わざと把握させられていたのだ。まさかソレを逆手に取った心理戦まで仕掛けてくるとは。

『残念でしたね』

樹人《ドライアド》がボールを放り投げる。樹精《トレント》の突撃を避けるために飛び退《の》いた人間チームは、それを為《な》す術《すべ》なく見守ることしかできなかった。

『10点球ゴール！』

『これで点数は7対20、神チームが一気に点数を引き離しました！』

試合時間：蜜時計に七滴。（＝七分。三十滴でタイムアップの笛が吹かれる）
神チーム　20点（10点球×2）
人間チーム7点（2点球×2、3点球×1）

点数13点差。

両チームの差が縮むどころか広がった。その事実に、人間チームの誰しもが不安を胸に抱きかけた矢先――

「交代だ！」

フェイは声を響かせ、端子精霊《ミイプ》にそう宣言した。

この瞬間しかない。

圧倒的な点差によって人間チームの気勢が殺《そ》がれる前にという意味でも、このメンバーチェンジは心機一転《マインドリセット》に大きな意味を持つ。

「アシュラン隊長！　四名お願いします！」

「おう。防御《ディフェンス》、四人交代だ！」

チーム『猛火《ブレイズ》』から、樹精《トレント》の突撃で負傷したメンバー四人が退場。

その入れ替わりでフェイ、ネル、レーシェ、パールがコート内へ。既に誰しもが認識を共有できている。

すなわち「13点差をひっくり返すには一秒とて無駄にできない」と。

……さらに言えば、どうやっ・・・たら逆転できるか、だ。

……がむしゃらに挑んでもダメだ。逆転には、神を上回る作戦《プラン》がいる。

「アニータ！」

フェイは、フィールド外から声を振り絞った。

「飛び降りれるか！」

「え？」

「10点が落ちてくる！」

「っ！　た、容易《たやす》いご用ですわ！」

神側の樹上からアニータが跳躍。

高さ五十メートル——十階建てのビル以上の高さから地面へ自由落下。

そして墜落。

土埃《つちぼこり》が濛々《もうもう》と立ちこめるなか無傷のアニータが飛びだした。黄色の種子《ボール》を両手で持ち上げた姿でだ。

「10点球、確保ですの！」

このゲームは、得点後に新たな種子《ボール》が樹上から降ってくる。

降下地点はコート中央。いま神チームは大半が人間側の樹上にいる。

神側の花《ゴール》はガラ空き同然だ。

『気づきましたか』

樹人《ドライアド》が、氷上を滑るように大樹の幹を急降下。

『このバスケットボールは相手に点を入れられようと、すぐさま同点数を入れ返す好機《チャンス》がある仕組みになっています』


人間チーム、選手交代四名――

【入】フェイ、レーシェ、パール、ネル。

【退】『猛火《ブレイズ》』から四名
「走るぞお前ら！　パール！」

アシュラン隊長が2点球を放り投げる。

それを受け取ったパールが、さらに種子《ボール》をこちらへ投げる。

「フェイさん！」

「いい感じだパール！」

2点球を片手に抱え、フェイは神側の大樹めざして駆けだした。

——神の作戦《プラン》とは。

確信には至っていないが、薄々予感しているものがある。

この予感が正しければ……人間側はかなり追いつめられている状況だろう。それも見た目の点数差以上にだ。

神を上回る作戦《プラン》が要る。

……このゲームはわずか30分の短期決戦。

……俺が咄嗟《とつさ》に思いついた作戦《プラン》も一つきりだ。途中変更している時間はない。

だからこそ隠し抜け。

逆転に至るこの作戦《プラン》は、神チームに見破られた瞬間に瓦解する。ゆえに最後の一秒まで知られてはならない。

その上で。

……いま俺が2点球、アシュラン隊長が3点球、アニータが10点球を確保した。

……人間チームが15点分の種子《ボール》を独占してる！

神側の花《ゴール》を守るのは守護獣《キーパーベア》のみ。

この15点分があれば、13点差を埋めるどころか神チームを2点上回る。

「ちょ、ちょっとお待ちを、10点球はさすがに重すぎですわ！」

アニータが息を荒らげる。

超人型であっても20kgの種子《ボール》を抱えて走るのは相当な負荷だ。

「アニータ、私にパスだ！」

「ネルお姉さま!?　ま、任せました！」

アニータが10点球を放り投げる。宙で弧を描く種子《ボール》が――

『ふふ、いただきです』

パシッ、と緑色の手によって受けとめられた。

宙づりの態勢で現れた樹人《ドライアド》の手で。

「……なっ!?」

『神《わたし》が地上に降りてこないことを警戒すべきでしたね』

アニータの頭上――

そこには大樹の枝が複雑に交差し、ロープのように太く頑丈な蔓《つる》が幾重にも絡み合って、蜘蛛《くも》の巣のような「空の網」を形勢している。

樹人《ドライアド》は空中から迫っていたのだ。

ユグドラシルの枝から枝へ、蔓《つる》から蔓を伝ってアニータの頭上へと。

『この遊戯は三・次・元・な・の・で・す・よ』

まさしく――

人間と神の「競技」のもう一つの違い。サッカーやバスケの舞台は縦×横の二次元だが、この遊戯は3次元すなわち高さがある。

「……ウチの10点球を返しなさい！」

『そうはいきません。さあ樹精《トレント》！』

樹人《ドライアド》から樹精《トレント》へ。

高々と投げられた黄色の果実が、再び神チームの手に渡ってしまう。

「フェイ殿！」

ネルの咆吼《ほうこう》。

「2点球《ソイツ》を借り受ける！」

――ゴッ！

地に足跡が残るほどの脚力でもって、ネルが2点球を蹴りつけた。

凄《すさ》まじい推進力を得た2点球が大気を斬り裂き、樹人《ドライアド》が投げた10点球に宙で激突。ビリヤードのごとく、2点球に押された10点球が軌道を変える。

『なんとっ⁉』

神チームが見上げるなか10点球が大樹の幹に激突。

さらに跳弾のごとく反射して、地上に降ってくる。「え？」とポカンと見上げるパールめがけてだ。

「パール、キャッチだ！」

「無理無理無理無理ですよぉおっぉおぉおっっっっ！」

パールが全力後退。

その一瞬後、20kgの種子《ボール》が深々とパールの立っている地面にめり込んだ。隕石《いんせき》の落下さながらにシュゥゥゥッ……と土煙を上げながらだ。

「ネルさん!?　今の受けとめたらアタシの身体《からだ》に穴が開きますが!?」

「そ、そうか。つい私の基準で考えてしまって……だがこの通り10点球を奪われることは妨害できた！」

『きゃははっ！　追いついたのが樹人《ドライアド》だけかと思ったかしら？』

「何っ!?」

ネルが見上げるも、妖精《ニンフ》の姿はどこにも見えない。

地上にも宙にもだ。

「ひゃあっ!?」

パールが青ざめる。

その足下で土砂が噴き上がり、妖精《ニンフ》を乗せた樹精《トレント》が飛びだしたのだ。パールが反応する間もなく、あっという間に10点球を触手で絡め取る。

『地面に潜るのだって戦術なのよ……って樹精《トレント》？　アンタ何してるの？』

「ひぁあああああああああああっっっっっっ⁉　な、ななな……何をするんですかこの破廉恥《はれんち》な触手――――――っっっ⁉」

10点球は奪われた。

だがなぜか、樹精《トレント》はそれで満足せず触手をパールの全身に絡めつけていた。

それも執拗《しつよう》に胸のあたりを……

「ヌメヌメする触手がアタシの服の隙間からぁぁぁぁぁっっっっっっっ⁉」

「わかりましたわっ！」

アニータが手を打った。

「あの樹精《トレント》、パールお姉さまが服の内側にまだ種子《ボール》を隠していると錯覚しているのです。ご立派なものを二つも！」

「これは種子《ボール》じゃないですよぉぉぉぉぉっっ！――――――このぉ！」

パールが奥歯を噛《か》みしめる。

樹精《トレント》の触手に奪われた10点球を指さして、そして宣言。

「気まぐれな旅人《ザ・ワンダリング》、発動します！」

『――!?』

妖精《ニンフ》が、樹人《ドライアド》が、そして樹精《トレント》が動きを止めた。

樹精《トレント》が掴《つか》んでいた10点球の種子《ボール》が消え、代わりに掴んでいたのは2点球。では消えた10点球がどこへ行ったかというと――

「いいぞパール。このゲーム、位相交換《シフトチェンジ》がかなり使える！」

黄色の種子《ボール》を抱えてフェイは再び走りだした。

パールの転移能力『気まぐれな旅人《ザ・ワンダリング》』には、パールが三分以内に触れていた物体二つの位置を入れ替える位相交換《シフトチェンジ》がある。

フェイの2点球と樹精《トレント》の10点球を、交換。

ただしフェイの神呪《アライズ》は肉体強化の恩恵が低い。20kgの種子《ボール》を抱えて走っても神チームに追いつかれる。

……腕力があるのは当然レーシェだ。

……だけど競技全般、それもボールのドリブルに慣れているのはネル。

自分《フェイ》の見立てでは。

その総合力で、レーシェよりもネルの方がボールを奪われにくい。

「ネル！」

「任せろフェイ殿！」

フェイからの10点球を器用に足で受けとめ、ネルがその勢いで大地を駆ける。

人間側の誰もが種子《ボール》を抱えていたが、ネルだけは種子《ボール》を蹴るドリブル走法。それも息を呑《の》むほど速く精緻なボールコントロールでだ。

『っ速い⁉』

ネルを止めにかかった樹人《ドライアド》の手が空を切る。

さらに妖精《ニンフ》三体が次々と放つ風魔法さえ、20kgという規格外の種子《ボール》を巧みに操りながら躱《かわ》してみせる。

単《ひとえ》に、ネルが磨き上げてきた運動能力の賜《たまもの》だ。

『ふんっ！　ちょっとは出来るじゃない』

風魔法を躱された妖精《ニンフ》が、次々と樹精《トレント》に飛び乗った。

『でもこの突撃は躱せないわよ。さあ樹精《トレント》、お前の得意技を見せてやりなさい！』

特技《オーバー・ストンピイ》『踏み荒らし』。

種子《ボール》を蹴り進めるネルめがけ、三体の樹精《トレント》が猛烈な速度で迫る。

どんな剛力も止めることができない無敵の突撃だが、迫る壁を前にしてもネルは余裕の笑みを崩さなかった。

「動きが直線的すぎる、避《よ》けるまでだ！」

突撃方向を瞬時に見極め、ネルが即座に進路を切り替えた。

続けて二体目も難なく回避――否《いな》、躱そうとした瞬間、ネルの足首に何かが絡みついた。

「草が!?」

『草たちよ、そのまま捕まえてくださいね』

樹人《ドライアド》の草魔法。

足下の草によって足首を雁字搦《がんじがら》めに絡め取られて、ネルがたまらず姿勢を崩した。

そこへ樹精《トレント》の巨体が迫り――

『樹精《トレント》、弾《はじ》き飛ばしてやりなさい！』

「……それはご免だ！」

樹精《トレント》の突撃を躱せない。誰もがそう思った刹那、草に足を掴《つか》まれていたネルがふわりと空へと舞い上がった。

――裸足で。

草が絡みついた靴下と靴を脱ぎすて、ネルは裸足《はだし》で飛び上がったのだ。

『!?　ちょ、ちょっと樹精《トレント》止まりなさい！　急停止――――っ!?』

暴走列車さながらに樹精《トレント》は止まらない。

ネルの立っていた地点を進み、さらにその奥、神側のユグドラシルの大樹に衝突した。

爆発めいた轟音《ごうおん》。

ユグドラシルの樹が大きく揺れる衝撃をまき散らし、樹精《トレント》がようやく停止。

「……なんてバカげた破壊力だ」

間一髪で直撃を免《まぬか》れたネルが青ざめる。

巨大なユグドラシルの樹が揺れるほどの威力だ。直撃していれば問答無用で行動不能に陥っていただろう。そこへ――

「ネル、後ろよ！」

「っ……しまった!?」

レーシェの呼びかけに、ネルの顔色が青ざめた。

樹精《トレント》は三体だが躱《かわ》したのは二体。つまり――――背後の気配を察したネルが振り向いた時にはもう、最後の樹精《トレント》が土煙を上げて迫ってきていた。

間に合わない。

誰もが吹き飛ぶネルを想像しただろう。たった一人を除いては――

「諦めるなネル！　受け取れ！」

『……はい？』

絶体絶命のネルめがけ、フェイは右手に掴《つか》んだものを全力で放り投げた。

審判役の端子精霊《ミ・イ・プ》を。

「ゲームにおける絶対中立者。つまり審判は、神さえ手が出せない無敵の盾になる！」

「はぁぁぁぁぁっっ!?」

『何するのですっ!?』

人間チームと神チームの声が、綺麗《きれい》なまでに重なった。

ネルの眼前に迫っていた樹精《トレント》さえも、突如として目の前に飛びこんできた端子精霊《ミイプ》に驚いたのか突撃を急停止。

ざわっ。

神チーム全員の動きが止まった。

「やっぱりな。これがゲームの勝利を掴む裏ワザだ！」

『反則――――――――っっ！』

審判《ミイプ》の笛《ホイッスル》。

と同時に、ユグドラシルの森がしんと静まりかえった。

『これは人と神のゲーム対決であり、審判である私は第三者です！』

「そうそう。だから無敵の盾に――」

『審判への干渉はプ・レ・イ・の・例・外・事・項・で・す！　ゆえに代償《ペナルティ》！　人間チームの皆さまがお持ちの種子《ボール》がすべて神チームに渡ります』

「こらフェイ――――――っ！」

アニータが勢いよく駆けてくる。

「な、ななな……何をやってるのですかあなたは！　せっかくパールお姉さまが全身拘束されながらも奪った球を！」

「大丈夫だアニータ。今のは無茶《むちゃ》をダメ元で試した裏技だ」

「え？……大丈夫って、つまり計算ずくだと？」

想定外の返事だったのだろう。

ぽかんと口を半開きにするピンクの髪の少女に、フェイは力強く断言してみせた。

「ネルを助けるためなら、これくらいの代償《ペナルティ》安いもんだろ」

「う、うむ。かたじけないフェイ殿……」

ネルがほっと深呼吸。

「この借りはプレイで返さねば」

『全種子《ボール》を神チームに渡して再開します！　両チーム、自陣の大樹まで後退してください』

両チームがフィールドの両端まで後退。


『再開！』

審判《ミイプ》の笛《ホイッスル》と同時に、両チームがコート中央に走りだす。人間チームが狙うのは当然、神チームに独占された種子《ボール》すべて。
対する神チームは――

2点球と3点球を宙へと放り投げた。

『きゃはは！　アンタらこの種子《ボール》が欲しい？』

『なら上げちゃうわ。そーれ！』

妖精《ニンフ》の起こした風に煽《あお》られて、緑と青の種子《ボール》が渦を巻くように空へと舞い上がる。

その一瞬――

人間チームの意識が宙に向けられた刹那の隙に、神チームは怒濤《どとう》の勢いでもって人間側の大樹へ走りだしていた。

所持しているのは10点球ただ一つ。

「どういうことですの!?　まさか10点球以外を捨てたのですか!?」

アニータの絶叫に混じる困惑の感情。

あり得ない。

神チームがやっているのは九体がかりで10点球を運ぶ戦術だ。一人当たり1・1点。

点数効率に換算すればあまりにも低い。

「非効率すぎますわ！　せっかく得た2点球と3点球を確保するどころか自ら手放してまでする手段には思えません……いったいどうして！」

「……なるほどね」

ほんの一瞬の独り言。

それはフェイの内心で描かれた「点数計算」によるものだ。

すべて説明がつく。

なぜ神チームが2点球と3点球を手放したのか。神の作戦《プラン》が「アレ」だとすれば納得がいく。だとすれば――


開始0分。この時点で人間は神に負けていた。


それを悔やむ時間はない。

「パール！」

宙に投げ放たれた二つの種子《ボール》を指さして。

「あの高さまで飛べるか⁉」

「は、はい！」

そう頷《うなず》いたパールが消失した。

黄金色の転移門《ワープポータル》に飛びこんだ少女が、地上三十メートルの高さにまで瞬間転移。その両手を伸ばした先には二つの種子《ボール》が――

「取りました！……って落ちます落ちます落ちますぅぅぅっっっ！」

「はいお帰りなさいっと」

種子《ボール》を抱えて落下するパールを、地上のレーシェが受けとめる。

これで人間側には2点球と3点球。

「レーシェ、パールそっち任せた！　俺は守備《ディフエンス》だ！」

二人を残して走りだす。

フェイが見上げる大樹――人間側の花《ゴール》付近では、アシュラン隊長たちと神チームのせめぎ合いが勃発していた。

『さあ！　お邪魔なのは吹き飛んじゃえ！』

「させません！　暴嵐弾《テンペスト》！」

妖精《ニンフ》の旋風を迎え撃つ、魔法士ゼシィの風の砲弾。

二つの風が衝突し相殺する光景に、枝上の樹人《ドライアド》たちが次々と左右に退《ど》いた。かわりに三体の樹精《トレント》がのっそりと登場。

「っ！　やべぇ！」

アシュラン隊長の表情が引《ひ》き攣《つ》った。

樹精《トレント》の突撃「踏み荒らし《オーバー・ストンピイ》」。先ほどは充填時間《クールダウン》中の嘘《ブラフ》だったが、今度は間違いなく突っ込んでくるだろう。

『きゃははっ！　さあ樹精《トレント》やっちゃいな！』

妖精《ニンフ》の嬌笑《きょうしょう》。

その場の人間たちが一斉に隣の枝葉へと身を投げだすなか──

「ネル!?」

「……さっきは遅れを取ったが」

樹精《トレント》の突撃。

ユグドラシルの枝葉を震わせて迫る壁に、黒髪の少女が立ち塞がった。

「このネル・レックレス！　同じ相手に二度遅れをとる気はない！」

「待ておい!?　いくら何だってそんな──」

「どけぇぇぇぇぇぇぇぇぇぇぇぇぇぇぇぇっっっっっ！」

アシュラン隊長にではない。

眼前に迫る巨体──暴走機関車さながらの勢いで迫る樹精《トレント》めがけてそう叫び、ネルは右足を振り上げた。

樹精《トレント》の突撃「踏み荒らし《オーバー・ストンピィ》」は、あらゆる障害物を吹き飛ばす神の一撃。

対し──

ネルの神呪《アライズ》『モーメント反転』は、蹴ることさえできれば神の力も跳ね返す。

その破壊力、移動方向。

すべてを真っ逆さまに跳ね返す神呪《アライズ》が樹精《トレント》を蹴り返す。否《いな》、吹き飛ばした。その後方で油断していた妖精《ニンフ》と樹人《ドライアド》をまとめてだ。

『聞いてませんがっ⁉』

『なに蹴り返されてんのよトレ……ぎゃはんっ⁉』

神チーム九体がまとめてユグドラシルの幹に激突。大樹そのものが震えるほどの衝撃はさすがに応えたのか、九体もすぐには起き上がれない。

「す、すごいですネルさん！」

「やるじゃない」

彼方《かなた》の攻防を横目に捉えつつ、レーシェとパールは神側の花《ゴール》まで登りきっていた。

だがそこに、花《ゴール》を守る最後の番人が。

『グオオオオォォォォッッ！』

守護獣《キーパーベア》が飛びかかってくる。

だがその瞬間、パールもまた動いていた。

「甘いのですよ森のクマさん！」

黄金色の転移門《ワープポータル》が出現。

今までは逃げるためだけに使ってきた瞬間転移《テレポート》だが、今回ばかりは用途が違う。

パールの転移門《ワープポータル》は、守護獣の眼前。そして飛びかかってきた獣は空中で軌道を変えることもできず、そのまま輪っかの中に飛びこんで――

『……ガウッ？』

三十メートル後方の枝まで強制送還。つまりパールたちの遙《はる》か向こうである。

花《ゴール》はガラ空き。

そう、どれだけ強力な番人だろうと、ただまっすぐ突っ込んでくる獣ならばパールの転移門《ワープポータル》の前には無力同然。

「どうです！　あたしの過去最大級の応用力！」

「でかしたわパール、自画自賛以外は完璧ね！」

レーシエが種子《ボール》二つをまとめて放り投げる。

無人の花《ゴール》へ、2点球と3点球が吸いこまれるように落ちていって――

『2球まとめてゴール！』

『点数12対20、人間チームが一気に点差を縮めました。さあ両チームここからが……おおっ!?　これは大変なことが起きています！』

端子精霊《ミイプ》が指さしたのは、人間側の大樹だ。

その枝に、神チーム九体が積み重なるように倒れている。

『目を回しています！　先ほど樹精《トレント》さまの突撃を跳ね返されたことで、巻き添えになった皆さまが倒れています！』

「レーシェ殿！」

ネルの気勢が――

人間側の大樹から神側の大樹へ。百メートルもの距離を越えて伝わってきた。

「受け取ってくれ！」

大砲の炸裂《さくれつ》じみた爆音。

それはネルが、はるか百メートル先で10点球を蹴りつけた衝撃によるものだ。

――轟《ごう》ッ！

猛烈な風切り音を上げて黄色の種子が飛んでくる。

それを片手で受けとめたレーシェが、そのまま無人の花《ゴール》に向かってシュート。

『逆転！　22対20、人間チームの逆転です！』

試合時間：蜜時計に十八滴。（＝十八分）。
神チーム　20点（10点球×2）
人間チーム22点（2点球×3、3点球×2、10点球×1）

大差からの形勢逆転――
だが次の瞬間、神チームと人間チームが一斉に目をギラリと輝かせていた。この遊戯は、点数を入れた直後がもっとも危ない。

——ボールの再供給。

新たな種子《ボール》が降ってくるのはコート中央。

そして両チームのほとんどが互いの大樹の上だ。種子《ボール》を取るにはまず地上に降りなくてはいけない。

が。ヒトと神の決定的な差が、ここでの「降り方」だ。

『ふふん、お先にっ！　人間はゆっくり幹を降りてきなさいな！』

妖精《ニンフ》三体が飛翔《ひしょう》。

この三体は大樹の上から地上まで直接飛ぶことができる。

『樹精《トレント》！　アタシらについてきなさい！』

続いて樹精《トレント》が飛び降りる。

大樹の枝から地面に大穴を開けて落下するも、樹精《トレント》には傷一つない。神チームがあっという間に地上へ到着。対する人間は——

「レーシェ！」

「任されたわ」

レーシェが飛んだ。

炎燈色《ヴァーミリオン》の髪をなびかせて、ふわりと地上に到達。そしてもう一人、高度五十メートルの樹上から飛び降りられる者がいる。

「お待ちをレオレーシェお姉さまぁぁぁぁぁぁぁぁぁぁっ！」

どごんっ、と。

猛烈な砂煙を巻き上げて、ピンク色の髪をした少女が地面に激突。

「お待たせしましたわレオレーシェお姉さま！　私たちで種子《ボール》を確保しましょう！」

『きゃははっ！　遅い遅い遅いのよーっ！』

2点球を抱えた妖精《ニンフ》。さらには3点球を触手で絡め取った樹精《トレント》。

さらには――

『アタシたちが独占よ！』

妖精《ニンフ》たちが見上げる前で、10点球がコート中心部に落ちていく。

間に合わない。

レーシェとアニータより早く、神チームがあの種子を確保するだろう。

『さあ落ちてきなさ――』

「アニータ！」

妖精《ニンフ》が空へと手を掲げる。

だがそれより早く、レーシェが隣のアニータをひょいっと持ち上げた。

「……へ？　な、何ですかレーシェお姉さま？　と、突然ウチを持ち上げるなんて……！

ま、まさかそんな大胆な――――」

「あの10点球を取ってきなさい！」

「へ？　ってひひゃぁぁぁぁぁぁぁぁぁぁぁぁぁっっっっっっっっっ！」

空気が破裂。

レーシェが手加減なしで放り投げたアニータが、銃弾以上の速度でもって発射された。

人間ミサイルさながらにだ。

「止まらないんですがぁぁぁぁぁっっっっ!?」

アニータが空中で10点球を確保。

その勢いのままフィールドを突っ切って、神側のゴールである大樹めがけ、猛烈な爆音を撒《ま》き散らしながら衝突した。

ミシッ！

大樹ユグドラシルの根元が揺らぎ、幹が嫌な音を立てて傾くほどの破壊力で。

「いい仕事よアニータ！　ちゃんと10点球を掴《つか》んだわね！」

「……………お……お褒めいただき……恐縮で…………………けほっ」

種子《ボール》を抱えたまま地面に埋まったアニータ。

ユグドラシルの大樹に激突したせいで、さすがに『身も心も鋼鉄に《アイアン・ハート》』の防御力でもボロボロの状態だ。

「ただその……さすがに今の荒技は一度かぎりで………」

「もう一回やればこのユグドラシルの樹も倒せそうね」

「倒してどうするんですか!?」

人間チームが10点球。そして神チームが2点球と3点球を分けあった。

種子《ボール》を奪いあう激突が勃発するか？

人間側の多くが覚悟したその未来は、訪れなかった。

――均衡。

両チームの攻防が膠着状態《シーソーゲーム》へ突入したからだ。

『10点球を渡しなさいな！』

「妖精《ニンフ》の風魔法が来るぞ、弾《はじ》け！」

アシュラン隊長の怒鳴り声。

魔法士の少女ゼシィが前に躍り出るや、風の砲弾で旋風を弾き返す。さらに――

『草よ、その者たちの足を掴んでくださいな』

樹人《ドライアド》が指を打ち鳴らす。

それに対しても、重力の魔法士である青年が声を張り上げた。

「展開、重力七倍！」

フィールドの広域に描かれる黒の魔法陣。

そこに特大の重力圏が発生し、地面から伸びてきた草の根たちが重力に囚《とら》われて地面に押さえつけられる。

『うぎゃ――――っ！　ああもうっ！』

妖精《ニンフ》が腹立たしげに奇声を上げた。

『樹精《トレント》、まとめて吹っ飛ばしちゃえ！』

巨体の神が人間チームめがけて加速――――その直線上に立つ黒髪の少女を一目見て、妖精《ニンフ》が「あっ!?」と悲鳴を上げた。

『ちょ、ちょっと急停止っ！　あの人間だけはまずいのよ――――っ！』

「遅い！」

ネルの左足。

そこに宿る力『モーメント反転』が、樹精《トレント》と妖精《ニンフ》をはるか奥にまで跳ね返す。

宙を舞う二つの種子《ボール》。

ネルに跳ね返された樹精《トレント》、そして樹精《トレント》に激突した樹人《ドライアド》の手からこぼれ落ちた種子《ボール》が、人間チームの方へと転がってくる。

「2点球確保です！」

「こっちは3点球だ。いける……やれるぜ俺たち！」

3点球を抱きかかえ、アシュラン隊長が拳を握りしめた。

これで人間チームが全種子《ボール》独占。

「残り九分！　ここが正念場だ、ここで15点を入れたら37点。あとは3点球と10点球に集中すりゃあいいだけだからな！」

そう、37点は実質リーチなのだ。

勝利条件は50点。あとは3点球と10点球で事足りるから、人間チーム側は2点球を捨てられる（＝人数を割く必要がない）。

一方の神チームはまだ20点。

劣勢側は2点球さえも貴重な得点源だ。そこに人数を割かなくてはならない。

「人数差で押し勝てる！　いくぜお前ら。種子《ボール》を死守だ。この15点分を向こうのゴールにぶちこめば勝利は――――」

「待ったアシュラン隊長」

啖呵《たんか》を切る隊長に、フェイは待ったをかけた。

「勢いで押しきれる相手じゃない。今ので確信した。俺たちも戦術を変えないと」

「当然だ！　慎重にってことだろ？」

「はい、その2点球と3点球を捨てましょう」

「任せときな！　まずは2点球と3点球を…………ん？」

アシュラン隊長が振り向いた。

狐《きつね》に摘《つま》まれたような、呆気《あつけ》に取られた表情で。

「フェイ、俺の聞き間違いか？　なんかその……2点球と3点球を、捨てる……？」

「——怪しい気配はあったんだよ」

二十メートルほど先。

神側の大樹を背にした神チームを見据え、フェイは言葉を続けた。

「そろそろ芝居はお終《しま》いにしたらどうだ？」


しん、と。

ユグドラシルの森が恐ろしいほど急速に静まった。

冬の湖畔よりも冷たい静寂が——

「何度かあったんだよ。わざとらしい瞬間。そのたびに違和感があったけど今度ばかりは大げさすぎた。だから確信した」

アニータの3点球を指さし、フェイは言葉を続けた。

「神《アンタら》が手放した種子《ボール》。なんでネルが蹴り返した樹精《トレント》が持ってたんだ？」

「……へ？」

ポカンと、口を半開きにしてアニータが振り向いた。

「どういう事ですの！　これはネルお姉さまが奪ったもので……！」

「わ・ざ・と俺らに奪わせた・・・・」

アニータが持っている3点球。

アシュラン隊長が持っている2点球。

どちらも、ネルが樹精《トレント》の突撃を蹴り返した際に神チームが落としたものだ。

「さっきネルが良いことを言った。『同じ相手に二度遅れをとる気はない』ってな。まして神さまが同じ技で二・度・蹴・り・返・さ・れ・る・なんてあり得るか？　らしくないんだよ」

樹精《トレント》の突撃を蹴り返す人間がいる。

そうと分かれば二度目は慎重になるはず。

「だから俺は疑った。この2点球と3点球は、神《アンタら》がわざと人間側《おれたち》に渡したかった。ずばり人間側《おれたち》にゴールさせるためだ」

「はいっ⁉　ちょ、ちょっとどういう事ですのフェイ⁉」

アニータが肘を摘んで引っ張ってくる。

「我々にわざと種子《ボール》を渡してわざとゴールさせる？……それって何で……え、もしや分かってないのはウチだけ⁉　パールお姉さまは⁉」

「当然わかってます！」

金髪の少女が腰に手をあてて鼻でわらった。

「間違いない。このゲームが始まった瞬間から、アタシにはピンと来ていたのです」

「おおっ!?　では神の狙いは何なのですか!?」

「――――――」

「全然わかってないじゃないですか！　フェイ、あなた適当なことを言ってないですよね。我々にわざと得点させる!?　信じられませんわ！　その理由は！」

「最初に言われただろ。神は、神の作戦《プラン》に基づき動いてる」

「……はいっ!?」


「開始0分《ゼロ》・タ・イ・ム・ア・ッ・プ・作戦《プラン》……そうだろ？」


ユグドラシルの大樹を背に立つ神チーム九体。

宙に浮かぶ妖精《ニンフ》。

樹の枝上に立つ樹人《ドライアド》。

樹の根元にたたずむ樹精《トレント》。

その三種三体が無言でこちらを見つめて。

『きゃ……きゃははははははははははっはっっっっっ！』

『あ、あはははははははははははははっっっっっ！』

『――――――――――――――ッッ！』

森にこだまする大爆笑。

妖精《ニンフ》が大きくのけぞって、樹人《ドライアド》が腹をかかえて、さらには言葉を喋《しゃべ》らぬ樹精《トレント》さえも可笑《おか》しげに全身を震わせはじめたではないか。

その応えが教えてくれる。

今までのすべてが嘘《ブラフ》ならぬ演技だったと。

『あーあバレちゃったぁ』

『ほら妖精《ニンフ》。あなたが樹精《トレント》を不用意にけしかけるから怪しまれたのです』

『樹人《ドライアド》だって乗り気だったじゃん？　「ここで突撃を蹴り返させて種子《ボール》を渡しましょう」って提案したの誰だっけー？』

『ま、でもいっか。バレたなら遊びの遊戯《あそび》はここまでってことで』

『ここからは本気の遊戯《あそび》です』

ゾクッ。

神チームの笑みに、背筋が凍りついた。

『きゃははっ！　残り八分。必死に抗《あらが》ってみなさいな人間《アンタたち》！』

妖精《ニンフ》の羽根が、黄金色に輝きだす。

その膨大な光を見た瞬間に誰もが思いだした。目の前にいるのは、どれだけ小さくても神々の遊びを司《つかさど》る神なのだと。

『大嵐召喚《ぜんぶとんでけ》』

「風よ私たちを守っ――――きゃぁ!?」

魔法士の少女が悲鳴を上げた。

妖精《ニンフ》の風に対抗しようとして発した風魔法が、一秒と持たず消し飛ばされたのだ。

息さえ詰まる圧倒的な大嵐。

その渦巻く乱気流が、フィールド中心部に吹き荒れる。

「どうしたゼシィ!?　お前さっきまで抑えられたじゃねえか！」

「……遊・ば・れ・て・たんです」

魔法士の少女ゼシィの顔から血の気が引いていく。

「みんな逃げて！　この風は私じゃ抑えられない！」

「大樹の裏に隠れろ！」

全員に向けてそう叫ぶ。

一人残らず大樹の陰に身を潜めるのを確かめ、フェイも大樹の陰に飛びこんだ。

「おいフェイ！　説明しろや！」

嵐の轟風《ごうふう》のなか叫ぶアシュラン隊長。

「……見ての通り、ご覧の嵐ですよ」

フェイ自身、大樹に隠れていながらも、なお吹き飛ばされそうな寒気を感じる。

これが神の本気の遊戯《あそび》。

今の今まで、妖精《ニンフ》が重力魔法で落ちていったことさえもすべては演技。

「アニータ。お前が最初に提案した戦術を覚えてるか？」

「え？……ええと、その……」

「理想の点数効率だよ」

一人につき何点狙うべきか。

チームは十人。種子《ボール》の合計得点は15点。だから一人当たり1・5点取れると効率的であるという提案。

「お前の発想は間違ってない。それどころか最速でゲームの定石を発見したと俺も思った。ゲーム開始序盤、あの戦術は確かに有効だった」

「な、何ですかその含みのある言い方は!?」

「途中で思わなかったか？　理想の点数効率に従って動いた時、ゴールする種子《ボール》は自然と2点球と3点球の割合が高くなる」

「……あっ!?」

人間チームの現得点は22点（2点球×3、3点球×2、10点球×1）。

たとえば3点球を一人でゴールすれば点数効率は「3」。これは10点球をわずか三人でゴールした時の点数効率にほぼ等しい。

——では10点球を三人でゴールできるか？

不可能だ。

10点球は両チームが最も警戒する種子《ボール》だから。

事実、互いに七人以上を投入して奪い合いが発生した。点数効率の観点では、10点球は極めて効率が悪くなる。

「自然と、俺たちはガラ空きの2点球と3点球で点数を稼いだ。点数効率で考えるならこれは定石に近い」

「そ、そうですわ！　事実こちらが優勢ではありませんか！」

「優勢じゃなかったんだ」

「え？」

「タイムアップまであと七分。そして両チーム50点に到達しない」

「〰〰〰〰〰〰〰〰〰〰〰〰〰〰っっ！」

アニータの声にならない悲鳴。

その後ろで聞き耳を立てていたアシュラン隊長や、ネルやパールさえも「しまった」と言わんばかりに目を見開いた。

気づいたのだ。今の自分たちが圧倒的に追いつめられている事実に。

勝利条件2：どちらも50点取らないままタイムアップ時には、点数の高い方が勝ち。

ただし――

タイムアップ判定では、時間切れ戦法に対しての最小限抑制《ミニマムペナルティ》が行われる。

ゴール数が一番少ない球の点数はノーカウント。

そして今――

蜜時計は二十三滴目（二十三分経過。三十分で容器満杯《タイムアップ》）

神チーム　20点（10点球×2）

人間チーム22点（2点球×3、3点球×2、10点球×1）

タイムアップ時。神チームは最小限抑制《ミニマムペナルティ》で2点球と3点球どちらがノーカウントになろうと点数は20点のまま。

対して人間チームは10点球がノーカウントとなる。

「神20点、人間12点で神チームの勝利ってわけだ」

「……なんですって!?」

「神は勝利条件1（50点先取）なんて狙ってない、開始0分《ゼロ》からタイムアップ勝利しか狙ってなかったんだよ」

神の作戦《プラン》は「開始0《ゼロ》分タイムアップ」。

その作戦《プラン》を実現する動きが「10点無効」だ。あえて人間に2点球と3点球で得点させて、最小限抑制《ミニマムペナルティ》で10点球を無効にする。

「その推測が正しいなら、神の不自然な行動にも説明がつく」

〝『きゃははっ！　アンタらこの種子《ボール》が欲しい？』〟
〝対する神チームは——2点球と3点球を宙へと放り投げた。〟

そう。

神チームは2点球と3点球には一度として執着を見せず、それどころか人間チームの手に渡る行動を取り続けていた。

「森のクマさんもだ。守護獣なんて名前がついてるくせに、結局あの熊は俺たちのゴールをすべて許した。そう動けって言われたんだろうな」

2点球と3点球はゴールさせろ。

10点球のゴールも一度あったが、それはレーシェという元神さまのシュートだったため、守護獣も分が悪いと判断したに違いない。

「で、でもフェイ！　なぜ神はわざわざこんな作戦《プラン》を!?」

「読まれてたんだよ、人間側《おれら》が『点数効率』を思いつくことを神は予想していた。だから
そのカウンターとなる作戦《プラン》を用意した」

作戦《プラン》『点数効率』：点数の取り合いで優位をつけやすい。
その反面、点数効率から2点球と3点球の割合が高くなり、
最小限抑制《ミニマムペナルティ》で10点球が無効になりやすい。（タイムアップに弱い）

作戦《プラン》『開始0《ゼロ》分タイムアップ』：10点球に集中する。点数効率面では弱いが、
最小限抑制《ミニマムペナルティ》でも10点球が無効化しない。
つまりタイムアップ勝利に強い。

二つの戦略を見比べたうえで――
神は「開始0《ゼロ》分タイムアップ」作戦《プラン》を選んだのだ。
対して人間側は『点数効率』作戦《プラン》を選んだ以上タイムアップは許されない。何が何でも
50点先取で勝利するしかなかった。
だが間に合わなかった。
「この大嵐で俺たちは足止めされ、七分後にタイムアップという詰み状況《チェックメイト》だ」

「だ、だけどよフェイ！　そんな力業ありかよ!?」

アシュラン隊長が歯を食いしばる。

「そりゃあ……向こうの作戦《プラン》に嵌《は》まったのは俺らの判断ミスだがよ、この大嵐で有無を言わさず時間切れだなんて強引にも程があるぞ！」

「だから良いんですよ隊長、あとアニータ」

「……はい？」

10点球を抱えた少女が、目をぱちくりと瞬《まばた》き。

「お前が10点球を確保したことでまだ勝機はある。レーシェにソレ渡してくれ」

「あっ!?」

アニータの目に光が戻った。

吹き荒れる大嵐は人間には到底耐えられない。が、元神たるレーシェなら、この轟風《ごうふう》を突っ切って進むことができるはず。

「そ、そうですわ！　レーシェお姉さまが10点球で得点すれば逆転ですわ！」

レーシェが10点球で得点できれば――

人間チームは32点（2点球×3、3点球×2、10点球×2）。

3点球と10点球のゴール数が等しくなり、最小限抑制《ミニマムペナルティ》の「一番ゴール数の少ない球」の条件を満たさなくなる。32点対20点で人間チームの勝利だ。

「レーシェお姉さま！　お願いしま――――」

『そう。その10点球が欲しいのです』

轟風のなか、一体の樹人《ドライアド》が飛びこんできた。

『妖精《ニンフ》、風を止めてください。私の友人たちを呼びましょう』

大樹の枝に軽やかに飛び上がる樹人《ドライアド》。それに呼応するが如《ごと》く、暴虐の大嵐がピタリと止《や》んだ。

『わたしの可愛いお友達《カモンレミングス》』

どどど、ど……と。

ユグドラシルの森に無数の「足音」が響いてくる。一つ一つは小さいが数が尋常ではない。その気配がみるみる近づいてきて――

「何かが来ます!?」

パールが身構えた途端。

チゥ、となんとも可愛《かわい》い泣き声の小動物が、茂みから飛びだした。

――野生のリスとハムスターの大群。

それが雪崩《なだれ》のごとく押し寄せてきた。

「可愛《かわい》いですぅぅぅっっ！…………ってちょっと数が多すぎでは⁉」

『チゥ！』

『チゥチゥ！』

『チゥ——っ！』

「いやぁぁぁっっっ⁉」

リスとハムスターの群れに押し流され、揉《も》みくちゃにされる人間チーム。

可愛すぎる。

可愛すぎるがゆえに迂闊《うかつ》に抵抗できないのだ。

「くっ！　なんて卑劣な！……こんなにも愛らしいリスたちに乱暴なんてできるわけが……ああっっ⁉　しまったですわ⁉」

アニータの手から10点球が滑り落ちる。

2点球と3点球もだ。次々とリスたちによって奪われ、それを後続のリスたちが玉転がしの要領でコロコロと転がして運送。

あっという間に樹人《ドライアド》のもとに運んでいく。

『チゥ！』

どど……と、再び足音を響かせて小動物たちが退散。

後には、揉みくちゃにされてボロボロになった人間チームが何とも無残な（幸せそうな）姿で倒れこんでいた。

「……ぐっ。俺らの種子《ボール》をこんな手で奪いやがって！」

『ふふ、蜜時計も二十六滴目。間もなく満杯でゲーム終了ですよ』

「おい待てこら！」

起き上がったアシュラン隊長が手を伸ばすも、樹人《ドライアド》は枝を蹴って宙へと飛んでいた。

そして颯爽《さっそう》とコート中央へ走っていく。

「パール！」

遠ざかる樹人《ドライアド》を指さし、フェイは吼《ほ》えた。

「どれでもいい。一個でも種子《ボール》を奪えば位相交換《シフトチェンジ》で10点球と交換できるな！」

「は、はい！　でも発動できるのは三分以内です！」

パールの位相交換《シフトチェンジ》の対象は「三分以内にパールが触れた者（物）」。2点球でも3点球でもいい。人間チームが種子《ボール》を奪えば10点球と交換できる。

「時間がねぇ！　全員、種子《ボール》を奪うことだけ考えろ！」

アシュラン隊長の檄《げき》がこだまする。

「三手に分かれて追え！」

が。

その頭上には妖精《ニンフ》の影が。

『きゃははっ！　そんな勢いよく走ってきていいのかしら。またアタシの大嵐で吹き飛ばしてあげようかしら！』

「ぐっ⁉　やべぇ、全員隠れ――」

「――充填時間《クールダウン》中の嘘《ブラフ》。だろ？」

妖精《ニンフ》を無視し、フェイは大地を蹴って加速した。

神チームはそれぞれ固有の特技を持つが、その特技には充填時間《クールダウン》が存在する。

……風魔法の充填時間《クールダウン》はおよそ８秒。

……ただし、あの嵐みたいな大魔法にはより長い充填時間《クールダウン》が存在する！

その推測には根拠がある。

「大嵐を呼んだ時、羽根が黄金色に輝いてたぜ？」

『〰〰〰〰っ！　むかつく！』

嘘《ブラフ》を見破られた。

そんな恥ずかしさで妖精《ニンフ》が顔を真っ赤にする。

『十分ですよ妖精《ニンフ》。あなたのおかげで時間稼ぎは十分です』

ユグドラシルの枝上に立つ樹人《ドライアド》三体。

その三体がそれぞれ2点球、3点球、10点球を脇に抱えている。

……ぽちゃん。

フィールド外に置かれた蜜時計にまた一滴。これで二十八滴（分）経過。

『あと二分、私の大魔法でダメ押しです』

「はっ！　同じ手は食わねぇよ、それも嘘《ブラフ》だ！」

神側の大樹めがけ、アシュラン隊長の走りは止まらない。

「『わたしの可愛いお友達《カモンレミングス》』もまだ充填時間《クールダウン》だろ！」

『あれは森のお友達《ともだち》を呼んだだけ。魔法でも何でもありません』

「……え」

『私の大魔法はまだ残っていますよ』

おいっ。

それはズルくないか？　フィールドを走る人間チームが思わず突っ込む前に、樹人《ドライアド》が片手を掲げた。

「『世界の合言葉は緑《グリーン・ジャイアント》』」

大地が揺れた。

小動物の行進よりも遙《はる》かに大きく雄々しく、まるで地面そのものがひっくり返ったかのような激動だ。それもそのはず——

地上で暴れだしたのは「ユグドラシルの森」そのものだった。

「樹が……!?」

草魔法ならぬ森魔法。

樹人《ドライアド》の干渉によって、ユグドラシルの木々の根っこが鞭《むち》のように大きく曲がりくねり、暴れ馬のごとく無差別に地面を叩《たた》きだす。

コート中にある前後左右の木々すべて。

丸太より巨大な根の一撃は、人間どころか車さえ紙くず同然に叩き潰《つぶ》すだろう。

『あと一分と三十秒』

『きゃははっ！　もうアタシたちに近づけないでしょう?』

神側のゴールがある大樹は、この暴れまわる根っこのさらに奥。

この根を掻《か》い潜《くぐ》って到達できるのか……

「フェイ殿！　もう時間がない、私が行く！」

「わたしも」

ネルとレーシェが飛びだした。

頭上から迫る根を潜《くぐ》り、真横からの一撃は跳躍で躱《かわ》す。その根に飛び乗り、頭上の蔓《つる》に掴《つか》まって三撃目もやりすごす。

前へ前へ前へ。

三つの種子《ボール》を手にした樹人《ドライアド》を追って、二人の疾走は一秒たりとも止まらない。

「残り一分！　時間がねぇ！」

アシュラン隊長が指さす蜜時計。

ぽちゃん……と、二十九滴目のしずくが落下。器は満杯で表面が波打っている。あと一滴。つまり一分後のしずくで蜜時計は確実に溢《あふ》れるだろう。

最後の60秒。

『きゃはは、凄《すご》い凄い！　ユグドラシルの樹の根っこを避《よ》けてる！……でもあと45秒、44秒……ここで種子《ボール》を奪えたって花《ゴール》は五十メートル上、そろそろ諦めない？』

「諦めるかどうかは私たちが決める！」

『ばーか』

妖精《ニンフ》の冷笑。

『諦めさせる権利は神《こっち》にあるのよ。さあ突撃よ樹精《トレント》！』

ネルとレーシェが走る真正面——

その茂みから三体の樹精《トレント》の突撃。これまで幾度も見てきた超突進だが、ネルの神呪《アライズ》ならば蹴り返せる…………はずだった。

「な……速っ!?」

ネルの蹴りは間に合わなかった。

樹精《トレント》の突撃速度がネルの予想の三倍早く、音速を超える超加速で飛んできたからだ。

暴走機関車の突進ではなく――

ミサイルの射出突進さながらの勢いでだ。

『きゃははは！　こっちが本気の突撃よ。さっきまでのは演技だって言ったじゃない！』

「……ぐぁっっ⁉」

「……んっ」

押し寄せる樹精《トレント》の壁。

ネルとレーシェが同時に弾《はじ》かれ、木の葉のように宙を旋回し、そしてフェイたちのいるコート中央まで押し流された。

そう――

決死の思いで接近した過程が、一瞬にして無に帰した。

「まだだ！　俺らも走るぞ！」

『きゃはははっ！　すごいすごい、頑張って人間たち！』

目を血走らせるアシュラン隊長と部下たち。

うち何人かがユグドラシルの根に叩《たた》き落とされ、薙《な》ぎ払われ――その合間にも蜜時計の上部には大きなしずくが溜《た》まっていく。

『あと19、18秒……うそ、ホントはあと13秒。きゃははは っっ！　だからダメよ、種子《ボール》を奪うだけじゃダメ。ゴールしなきゃダメなのに！』

うずうずと時間を数える妖精《ニンフ》。

その留まっている枝を必死に見上げて、誰もが最後の一秒まで走り続け――――

『3、2、1、はいおーしまい』


……ぽちゃん。三十滴目で蜜時計が溢《あふ》れた。


つっ、と蜜時計の器から蜜がこぼれる。

それは何者にも抗《あらが》えぬタイムアップの徴《しるし》。この瞬間を以《もっ》てして審判《ミイブ》が試合終了の笛を鳴らす。と――

誰もが確信していたことだろう。

『きゃはははっアタシたちの大勝利！　さあ審判《ミイブ》、さっさと笛を鳴らしなさい…………………………審判《ミイブ》？』

妖精《ニンフ》が不審げなまなざしで眼下を見下ろした。

――森に広がる奇妙な静寂。

笛がならない。

蜜時計が溢《あふ》れているにもかかわらず、審判《ミイプ》が笛を手にしたまま動かないのだ。

『…………』

『ちょっと審判《ミイプ》ってば何をしてるのよ！　ご覧、蜜時計はもう――』

「全員走れ！」

妖精《ニンフ》の声を吹き飛ばす大声量で叫ぶや、フェイはコートの「ある場所」めがけて駆けだした。

「こっちだ！」

「フェイ⁉　どういう事だよいったい⁉」

『え⁉　え⁉　何が起きたの、なんでまだ人間が動いてるの！　もう試合は――』

アシュラン隊長も妖精《ニンフ》も。神チームも人間チームも等しく、今この場で何が起きているのか理解できていないに違いない。

だからこそ――

「答え合わせの時間だ」

この場のすべてのプレイヤーに、フェイは宣言した。

「この試合、43秒のアディショナルタイム（ロスタイム）が存在する！」

『はぁっ!?』

『何ですって！』

ざわっ、と。

フェイの一言に、神チームの面々が一斉にざわついた。

アディショナルタイム（ロスタイム）——

サッカーなど、選手交代など試合停止が起きた時の特例だ。

試合時間が30分と定められているならば、選手が純粋に30分戦い続けられるよう、プレイ時間外の分だけ試合を延長するシステムである。

「この『神樹の実バスケット』でも、プレイ時間外時間——すなわち空費時間が発生すればアディショナルタイムが生まれる余地が理論上存在する！」

『……?』

神チームの九体は答えない。

何を言っているんだこの人間は。そう思っているからだ。

神チームの心情を汲《く》み取るならば——

アディショナルタイムはあり得ない。

なぜなら『神樹の実バスケット』では試合時間が常に流れ続ける決まりだからだ。

選手交代もゲーム範囲内というルール下で、アディショナルタイムとなる空費時間など一秒とて生まれる余地はない。

それが43秒も存在するとは？

「あった・ん・だ・よ」

フィールドを走りながら、フェイは後方へと振り向いた。

笛を持つ端子精霊《ミイプ》を指さして。

「言っただろ。『これがゲームの勝利を掴《つか》む裏ワザだ』って！」

『――――――ツッツ⁉』

神チームが再びざわめく。

聡明《そうめい》なる神々ならば、当然に今の一言だけですべてを察したことだろう。

『人間！　アンタが端子精霊《ミイプ》を盾にしたのは――』

「ああ。無理やりゲームを止めたのさ」

ネルの絶体絶命時――

フェイが端子精霊《ミイプ》をネルに向かって放り投げた。そして端子精霊《ミイプ》はこう言ったのだ。


〝審判への干渉はプ・レ・イ・の・例・外・事・項・で・す！〟

審判公認の「プレイ時間外時間」。

この発言によりゲームは一時中断。これによりフェイは、アディショナルタイムが理論上存在することを確信した。

「ゲーム中断から仕切り直しに要した時間が43秒！　試合はまだ終わっちゃいない！」

あらゆる作戦《プラン》には相性がある。

この最後の作戦《プラン》『空費時間』こそ、神の作戦《プラン》に対抗しうるのだ。

作戦《プラン》『点数効率』：タイムアップに弱い。（10点球が無効化される）
　←（カウンター）
作戦《プラン》『開始0分《ゼロ》タイムアップ』：タイムアップに持ち込み10点球の最小限抑制《ミニマムペナルティ》で勝利。
　←（カウンター）
作戦《プラン》『空費時間』：試合時間を延ばしてタイムアップさせずに勝つ。

ただし――

43秒後にアディショナルタイムが尽き、タイムアップとなるのは揺るがない。

『きゃはは っ！　ちょーっと驚いた！　でもそれでどうなるの！』

『せっかくの追加時間もあと30秒少々。種子《ボール》は神《こちら》が独占。高度五十メートルの高さにある花《ゴール》にも守護獣《キーパーベア》が控えているのに』

そう。

聡明《そうめい》なる神々は、フェイの作戦《プラン》『空費時間』がいかに短命であるかも理解していた。

43秒では逆転劇が起きない。

逆転に必要な種子《ボール》を神チームが独占しているのだから。

「それは──」

「こうするのよ！」

コート中央で、レーシェが目を爛々《らんらん》と輝かせた。

アニータの首根っこを掴《つか》み、野球ボールを投げるかのごとく大きく振りかぶる。

「……え？　え？　……あの、レーシェお姉さま？」

「さあアニータ！　さっきの要領を覚えてるわね。10点球を奪ってきなさい！」

「いやぁぁぁぁぁぁぁぁっっっっ⁉」

「行けぇっ！」

元神さまの腕力で投げられたアニータが、ロケット砲さながらの勢いで射出された。

狙いは10点球を持つ樹人《ドライアド》。
・・・・・・・・・・・・・・・・・・
タイムアップ勝利を確信して地面に降りたった樹人《ドライアド》をだ。

『なっ⁉』

新緑色の少女が見せた初めての狼狽《ろうばい》。

受ける避《よ》けるべきか、一瞬の迷いの後に、樹人《ドライアド》は種子《ボール》を抱えて身を投げだした。

神チームでもっとも俊敏な身体能力を最大限に活《い》かし――

轟《ごう》ッ！

わずか〇・〇一秒の差も無かっただろう。

アニータの人間大砲は、樹人《ドライアド》の回避によって空を切り、すぐ後ろにそびえるユグドラシルの大樹に深々とめりこんだ。

『……逆転を目指した手であることは認めましょう。惜しかったですね』

間一髪でかわした樹人《ドライアド》が胸をなで下ろす。

『今度こそ打つ手をすべて――』

「満足したわ！」

『？』

「わたしね、最近ちょっと物足りなかったのよ」

燃えるような炎燈色《ヴァーミリオン》の髪を、くるくると指先に巻きながら。

レーシェがいかにも演技っぽい仕草で「うーん」と顔をしかめてみせる。

「わたしってば元神さまだけど、ここのところはパールやネルの見せ場が多かったし？　それはそれで悪くないんだけど、何て言うかわたしも、そろそろわたしらしい勝利が欲しいなぁって思ってたのよね」

『？』

神チームの面々がきょとんと呆《ほう》けた表情。

この状況でいったい何を――

……ミシッ

神チームの背後で、大樹ユグドラシルの幹に亀裂が走ったのはその時だった。

アニータが激突した根元から。

「わたしらしい勝利って何かしら？　きっとそれは遊戯の範囲内で実現可能なギリギリを、元神さまらしい力で実現することだと思うのよ」

ミシッ……ピキッ……と。

大樹が軋《きし》む音は止まるどころか、さらに大きさを増していく。

「端子精霊《ミイプ》はこう言ったわ。この森すべてを使って勝利せよって」

神チームもそうだ。

地面の草花を操り、獣の大群《レミングス》を召喚し、ユグドラシルの大樹の根っこを操った。この森のあらゆるものを使うことが醍醐味《だいごみ》のゲーム。

だから――

にっこりと、レーシェは特上の笑みを湛《たた》えてこう言った。

「神《そっち》の大樹《ゴール》を倒しちゃっても構わないのよね？」


『なっ⁉』

神チームが振り返る先で。

大樹ユグドラシルが、軋《きし》み音を立てながら斜めに倒れ始めた。

アニータの人間大砲は10点球が狙いではない。大樹の根っこにダメ押しの一撃を与えるためだ。


そう、ユグドラシルの樹は——

三度もの神の力を受けて、既に根元が揺らいでいたのだ。

〝樹精《トレント》は止まらない。神側のユグドラシルの大樹に衝突〟

〝アニータが空中で10点球を確保。その勢いのままユグドラシルの大樹に衝突した〟

〝——もう一回やればこのユグドラシルの樹も倒せそうね〟


これが三度目《とどめ》。

アニータの人間ミサイルを受けて、大樹ユグドラシルが轟音《ごうおん》を上げて倒れていく。

『だ、だけど何の意味があるの!?』

「―――押せぇぇっっっ！」

フィールド中央のやや後方。

人間チーム全員の咆吼《ほうこう》を聞き取った神チームが、目を剥《む》いた。

不浮《うかばず》の実。誰もが忘れていた一撃勝利の果実。

質量無限につき絶対に持ち上げられない巨大な果実に、フェイが、ネルが、パールが、アシュラン隊長が、すべての人間チームが集結していたのだ。

「お前ら狙い合わせろ！　いいか、全員同時にだ！」

アシュラン隊長の怒号。

ギィ……

全員が顔を真っ赤にしながら押すことで、不浮《うかばず》の実がわずか数センチずつ動き始める。

その果実を押す先は――

倒れていくユグドラシルの大樹。その先に咲いた真っ白い花があった。

コートの広さは片面五十メートル。

そしてゴールの花が咲いているのも高さ五十メートル。

一致していたのだ。ユグドラシルの大樹が倒れれば、正確に、確実に、花《ゴール》が不浮《うかばず》の実に向かって落ちていく。

――球技とは、ボールをゴールまで運ぶ遊戯。

――そんなの誰が決めた？

ボールが重すぎて運べないなら、ゴールをボールまで運べばいい。

これが作戦《プラン》『空費時間』の真骨頂。

アディショナルタイム43秒で叶《かな》える逆転勝利。そして、その43秒の可能性を切り捨てた神チームは、何もかもが間に合わなかった。

大樹が倒れることを止めることも――

大樹が倒れる方向を風魔法で逸《そ》らすことも――

いや。

あるいは、そうでは無いかもしれない。

ここまで細い逆転の筋道を通されて、思わずその光景に見入っていた。

誰もが見守るなか。

ユグドラシルの大樹がコート中央めがけて倒れていって――

そこに咲く大輪の花《ゴール》が、真っ赤な不浮《うかばず》の実に激突した。

『ゴール！』

『不浮《うかばず》の実の一撃勝利で、最終成績は一億とんで22対20。50点先取により人間チームの勝利です！』

端子精霊《ミイプ》の笛の音が、ユグドラシルの森に響きわたった。

2

その三十分後――

「いや、ユグドラシルの樹って倒れても戻るんかよ!?」

『神樹ですから』

「……まあそう言われてみりゃあな」

アシュラン隊長が、苦笑い気味に頭上を仰いだ。

一度は物々しく倒れたユグドラシルの大樹が、まるで玩具《おもちゃ》の起き上がり小法師《こぼし》のように勝手に起き上がりつつある。理屈はフェイにもわからないが、端子精霊《ミイプ》が言うように「神樹ですから」で済ませてしまえるらしい。

「うぅ……まだ目が回ってますわぁ……」

なお、草場に大の字で倒れているのはアニータだ。

「レーシェお姉さま……あの……勝利は勝利ですが……さすがにこれは……」

「満足したわ！　久々にわたしの凄《すご》さを発揮できた勝利ね！」

その隣では、目をキラキラさせて「やりきった感」のレーシェ。

一方で――

コート中央に、神チームの面々が集まっていた。

『だからぁ！　最後の人間ミサイルを樹精《トレント》が受けとめれば良かったのよ！』

『…………………』

『え？　痛いからヤだ？　それくらい我慢しなさいよ！』

『他にも手はありました。人間が樹を倒すなら、こちらは守護獣《キーパーベア》が花《ゴール》をもぎ取ってしまうのはどうですか？』

反省会である。

負けてすぐ、守護獣《キーパーベア》を含む十体で意見交換中らしい。

『あ、そうだ人間《アンタたち》！』

妖精《ニンフ》がポンと手を打った。

『知ってるかしら？　神々の遊びはね、特別な勝利条件を満たしたらご褒美をあげる事になってるのよ』

「それを待ってたぜ！」

颯爽《さっそう》と振り返るアシュラン隊長。

神々の遊びで人間側が勝利する確率は実に十パーセント未満。その中で、さらに特別な勝利をした使徒にはご褒美が与えられるのだ。


『神の慈愛』――ゲーム中、一人の脱落者も出さずに勝利すること。

『神の宝冠』――無敗の神に初めて勝利すること。


今回は後者。

ユグドラシルの森の守護者たちは、人間が初めて出会う神である。

つまり無限神《ウロボロス》のように「過去何百年も勝てなかった神」とは違う意味で、「まだ人間に敗れていない」条件を満たすのだ。

「何をくれるんだ！」

『とーっても良い物よ。じゃあ今から発表！……と言いたかったけど』

妖精《ニンフ》がふとこちらを見つめた。

フェイ、レーシェ、ネル、パールを順に見つめて。

『アンタたち何個持ってる？』

「え？」

『だからぁご褒美よ。もう何個か持ってるんでしょ』

「……あ、神の宝冠のことか」

今までの戦歴を思いだす。神さまからもらった戦利品は。


無限神《ウロボロス》から「ウロボロスの眼《め》」…ウロボロスと強制遭遇《エンカウント》する至宝《ゴミ》。

太陽神《マアトマ2世》から「太陽の花」…太陽を呼ぶという伝説あり。

冥界神《アヌビス》から「宝物庫のマスターキー」…迷宮ルシェイメアからアイテムを一つ召喚。


「三つあるけど」

『あ————っっ！　残っっ念！』

実に残念そうに、それでいて楽しそうに妖精《ニンフ》が溜息《ためいき》。

『与えられるご褒美は三つまでなのよ』

「はいっ!?」

まさかの個数制限。

引っかかっているのはフェイたちだが、一緒にゲームをしたアシュラン隊長やアニータ含め全員がご褒美なし判定になるらしい。

「ちょ、ちょっと待ってください！」

たまらずパールが飛びだした。

「一つ提案があるのです虹色飛び虫さん！」

『妖精《ニンフ》だけど』

「アタシたち、『ウロボロスの眼』っていう超いらないご褒美がありまして、ソレと交換で皆さんのご褒美をもらえませんか!?」

『だーめ』

妖精《ニンフ》が可笑《おか》しそうに鼻で笑って。

『あーあ残念。「ユグドラシルの大樹の樹液」っていう飲めば神呪《アライズ》を百倍に強化できる秘薬だったのに。ま、そういうわけでバイバーイ』

「なんだってぇぇぇぇぇぇっっっ!?」

「うわぁぁぁぁんっ！　やっぱり『ウロボロスの眼』を捨てておくべきだったんですよ、あの呪いのアイテム！」

神の森に、絶叫がこだまして。

フェイたちは、人間世界に帰還した。

VS神樹の森の守人。
ゲーム内容『神樹の実バスケット』、攻略時間30分43秒にて『勝利』。

【勝利条件】　50点先取。
【勝利条件2】　タイムアップ時は、点数の高いチームが勝利。
【その他】　四つの種子《ボール》を同時使用。
　タイムアップ時、最小限抑制《ミニマムペナルティ》の特殊計算が行われる。
勝利報酬《ドロップアイテム》『ユグドラシルの樹液』。……入手未遂。
入手難易度「神話級」。

3

神秘法院ルイン支部。

その執務室にて、タタタン……と打鍵《キーボード》を打ち込む音が鳴り響く。

音はミランダ事務長の机から。

「ふむふむ。じゃあ『神の宝冠』は最大でも三つしか所有できないってわけだ。これまた新情報だね。お手柄じゃないかフェイ君」

「ええ、そのせいでアシュラン隊長は残念がってましたが」

「貴重な『一勝』を手にしたんだ。それ以上を望むのは強欲というものさ」

ミランダ事務長の目はモニターと睨《にら》めっこ。

かれこれ二時間近くの聴取である。

「これは確認だけど、神々の遊びで五勝以上しているとゲームの難易度が上がるってのも間違いないんだね？」

「その通りですミランダ事務長」

ソファーの端に座るネルが、力強く頷《うなず》いてみせる。

「おかげで大変なゲームになった。詳細は報告通りだが」

「じゃあ確定だね。たった一ゲームだけど神さまから貴重な証言が山ほどあったんだねぇ。お喋《しゃべ》り好きの神さまだったんだ？」

ミランダ事務長が上機嫌そうに珈琲《コーヒー》カップに口をつける。

いつもなら徹夜作業になると「睡眠不足はお肌の敵だ」と不機嫌になるのだが、今晩はその数少ない例外だ。

フェイたちの一勝追加。

さらには神から貴重な証言も手に入れた。

「試合聴取はこれでお終《しま》い。フェイ君たちも部屋に戻って休んでいいよと言いたいところだけど、そういえば……」

ミランダ事務長が立ち上がる。

ソファーに腰掛けるフェイとネルとレーシェ、そして睡魔に襲われて瞼《まぶた》が落ちかけているパールを見回して。

「ウロボロス様が話があるようだったけど、もう聞いたかい？」

「え？　まだですけど」

そういえば気になっていたのだ。

神樹の実バスケットから帰還してすぐ、地下ダイヴセンターで待っているかと思いきや、どこにも銀髪の少女がいなかった。

「てっきり俺たちを待ってるかと思ってたけど……」

「待ち疲れたみたいで、フェイ君の部屋でシャワー浴びて一眠りするってさ」

「俺の許可は⁉」

と。

そう言っている間に、執務室の外の廊下から騒がしい足音が――

「無敗の我を呼んだかい⁉」

ガコンッと扉が開き、銀髪の少女が飛びこんできた。口の周りに生クリームがついているのは、どうせアイスクリームでも食べていたのだろう。

「あ、ウロボロス。聞きたいことがあってさ」

「人間ちゃんにちょっかい出してきた神のことかい？」

「あ、もう知ってるのか。流石《さすが》……」

レーシェやパール、ネルにも事の経緯は伝えてある。

巨神像からダイヴした時。仲間がユグドラシルの森に到着した一方で、自分《フェイ》だけが異様な亜空間に飛ばされたのだ。

そこには名も姿もわからない「神」がいた。

……俺も初めて聴く声だった。

……ソイツが何者かもわからないけど、向こうはなぜか俺を知っていた。

そして明確に敵視されていた。


〝真の危険因子はあなただったのですね〟

〝しばしここで眠りなさい。「神々の遊び」は存在してはいけないのです〟


いったい何の神なのか。

神々の遊びを攻略されることに危機感を抱いていた。そう感じられる節もあったが。

「ソイツの件だけど」

ウロボロスが対面のソファーに腰掛けた。

「ところで人間ちゃん、迷宮《ルシエイメア》で勝った時に『二勝』分でカウントされてない？」

「っ！」

「ふふん？　まあそんな気がしたんだよねぇ」

こちらの右手を見つめて、ウロボロスがにやにや笑い。

「神々の遊びって人間が勝つと一勝。そんなの当たり前のことだけど、ちょっと珍しいことが起きたよね？」

「……ちょっとどころじゃない気がするけどな」

何とも思わせぶりな口ぶりだ。

手品の種明かしをしたくてワクワクしている子供のよう。自信満々に言うだけあって、ウロボロスは既に事態を見透かしているらしい。

「あの迷宮ゲーム、神が六体いたって前に我は言ったよね」

「……ああ。そこにレーシェは？」

「含めない。その内訳はね――」

両手を広げるウロボロスが、指を六本立ててみせた。

「超絶かわいい無敗の我、頭《おつむ》が弱点の冥界神《バカ》、あと陰険な神四体」

「……自分以外は散々だなぁ」

「ここで大事なのがゲームマスターは誰かって話なんだよ人間ちゃん。あの迷宮を運営していたのは誰かってこと」

「え？」

パールがハッと目を開けた。今までソファーの隅っこで微睡《まどろ》んでいたのだが、ウロボロスの発した一言に興味が出たらしい。

「迷宮のゲームマスターって冥界神《アヌビス》では？　自分で『創造主《ゲームマスター》に不可能はない』って宣言してましたし」

「甘い！　甘いよ胸ちゃん、そんなだから頭じゃなくて胸に栄養がいくのさ！」

「それは関係ないです⁉」

「冥界神《バカ》は死んでたよね。胸ちゃんたちがラスボスとして復活させるまで、迷宮の運営も放棄してたのを忘れたかい？」

「……た、確かに……」

「つまり冥界神《バカ》が死んでてＧＭ《ゲームマスター》ではない時間があったのさ。ＧＭ《ゲームマスター》の座が空席と言った方がわかるかな」

「あぁっ！　そ。そういうことか！」

ネルがその場で立ち上がった。

「ＧＭ《ゲームマスター》の座が空白だから、別の神がＧＭ《ゲームマスター》に成り代わることができたんだ。つまりＧＭ《ゲームマスター》の神は二体いた・・・」

「そう。迷宮に隠れていた神が四体。そのうち一体がＧＭ《ゲームマスター》にすり替わっていたというわけさ。無敗の我が迷宮を攻略しちゃうのを恐れて、慌ててＧＭ《ゲームマスター》権限を使って我を迷宮外へ強制離脱させたんだよ」

つまりＧＭ《ゲームマスター》は途中で交代したのだ。

ゲーム開始時、不在の冥界神《アヌビス》に代わって空席のＧＭ《ゲームマスター》の座についた神がいた。無限神《ウロボロス》の離脱もこの神がＧＭ《ゲームマスター》権限を行使したからだろう。

その後に冥界神《アヌビス》の復活。

本物の創造主《ゲームマスター》が復活したことで、成り代わっていた謎の神はＧＭ《ゲームマスター》から退いた。

……そういうことか。

……なんで迷宮ゲームだけ二勝判定になったのか。

GM《ゲームマスター》二体という特異性が、神々の遊びに二勝という特異判定をもたらした。

そしてこの推察はおそらく当たっている。

謎の神が言っていた言葉ともピタリと一致するからだ。

〝迷宮ゲームは絶対に攻略できないはずだった〟

〝私は、こちら側の存在を気づかれることも承知で蛇《ウロボロス》を迷宮から除外した――〟

「……ふーん」

黙して腕組みしていたレーシェが、小さく嘆息。

「よくわかんないけど変な神がいるってことね。冥界神の迷宮に四体がかりでやってきて小細工してたってことでしょ？　正体はわからないの蛇っころ？」

「知らない」

ウロボロスが興味なさげに首を横にふる。

なおレーシェからの「蛇っころ」呼ばわりも特段気にしてないらしい。

……だけど神の正体は気になるんだよな。

……俺なんか危うく亜空間に閉じこめられかけたんだから。

さらに言えばその前段もだ。

世界中の使徒が迷宮ルシェイメアに閉じこめられた事件も、まず十中八九、冥界神《アヌビス》ではなく謎の神が黒幕のはず。

「ウロボロス様」

モニター前のミランダ事務長が、おずおずと口にした。

「僭越《せんえつ》ながら、フェイ君たちに一つ伝えなくてはならないことが」

「ん？」

「例の神眼レンズの件で……」

「ああそうだった！　我すっかり忘れてたよ！」

ウロボロスがごそごそと服のポケットを漁《あさ》りだす。

そこから小さく黒い機器を取りだして。

「ほい人間ちゃん」

「？……神眼レンズがどうかしたのか？」

使徒が霊的上位世界に持ちこむ撮影機器だ。

このレンズを通して撮影したゲーム映像が、人間世界でも放送される。

「こいつが悪戯《いたずら》の元さ」

「っていうと……」

「迷宮に集められた人間は全員コレを持っていたんだろ？　これも例の神の仕掛けだよ。このレンズは神の首輪。首輪をつけとけば、その鎖を引っ張ることで人間を迷宮《ルシエイメア》にまとめて引き寄せられる。それが悪戯のタネ明かし」

「何だって!?」

小型機器を凝視する。

ネル、パールも思わずソファーから飛び上がるや、ミランダ事務長へと振り返り――

「ミランダ事務長!?　このレンズを配ったのは神秘法院で……」

「おっと待ちたまえパール君もネル君も」

ミランダ事務長の嘆息。

こうなると思っていたよ……そんな表情で首を横に振りながら。

「神眼レンズに神の仕掛けが施されていた。それならレンズを配った神秘法院が怪しいという指摘はご尤《もっと》もだが、思いだしてごらん。神眼レンズを製造して世界中に配布したのはどこだっけ？」

「……え？」

「……そ、それは……」

パールとネルが顔を見合わせた。

無言の二人だが、その表情が徐々に強《こわ》ばっていくのが見て取れる。

「本部だよ」

そう吐き捨てて、事務長が眼鏡《めがね》のブリッジを押し上げた。

フェイも初めて聴く冷たい声。それは紛《まぎ》れもなく、神秘法院支部事務長としての怒りの発露だったに違いない。

「さてどうしたものだろうね。神々の遊びに挑む使徒を支援するのが神秘法院。その本部ともあろうものが……ね。あの迷宮に使徒が閉じこめられた帰還不能の大事件が、まさか蓋を開ければ神眼レンズが元凶だったなんてさ」

誰も答えない。

事務長の言葉は、この場の誰もが抱いた本音そのものだった。

「本部には報告済みだよ。とにかく話を直接聞かなきゃ始まらない。本部は理事長自らが会議に出てくれることになってる……はーっ。まったくねぇ」

ミランダ事務長が再び大きな溜息《ためいき》。

「フェイ君にも参加してもらってもいいかな」

「俺も？」

予想外の名指しだ。

神秘法院の本部と支部の全体会議となれば、参加者は間違いなく事務長級。

そこに当事者とはいえ使徒の自分が呼ばれるとは。

「……いいんですか」

「犯人捜しの場だからね。ウロボロス様のお墨付きの断言さ、間違いない」

椅子に腰掛けるミランダ事務長。

モニターに映る情報を、穴があくほどじっと見つめて。

「本・部・に・は・人・間・の・フ・リ・を・し・た・神・が・い・る。それが今回の黒幕じゃないかってね」

Player.3　すべての魂の集いし聖座《マインド・オーヴァー・マター》

1

都市ルインからはるかに離れた、世界大陸の南部。

そこに地上数千メートル上空を浮遊する巨大都市がある。この時代、この世界で唯一の、空に浮かぶ都市。

都市の規模こそ大きくないが、古代魔法文明の「魔法」をもっとも色濃く残した地——

神話都市ヘケト＝シェラザード。


はるか三千年前。

この世界と大陸は、地上を闊歩《かっぽ》する巨大生物たちの楽園《もの》で、人間の居場所はなかった。

だからヒトは都市を空に浮かべたのだ。

——「神の宝冠」で。

無敗の神に勝利した数々のご褒美の中に、飛行結晶という伝説の石が存在した。人々はこの石を用いて都市を造り、次々と都市を空へと浮かべた。

——これが古代魔法文明の始まり。

——だがこの文明は、三千年前に忽然《こつぜん》と時代から消え去った。

なぜこの文明が潰《つい》えたのか。

現代にほとんど遺産が残っていないことから調査は困難を極めるものの、その魔法技術が唯一残っているのが神話都市ヘケト＝シェラザードである。

蒼穹《そうきゅう》を渡る白鳥のごとく。

無限に広がる蒼穹に浮かぶ、銀色の都市。

神秘法院の本部は、ここにある。

カラカラ、と。

クルクル、と。

何百何千という数の風車に彩られた塔が本部。

その敷地にある大図書館にて——ステンドグラスを通した七色の光の下、一人の少女が黙々と本を読みふけっていた。

「………」

誰もいない大図書館で、古びた本を読みふける。

図書館司書ではない。

少女は、神秘法院に所属する使徒だった。

身に纏《まと》うのは金色の刺繍《ししゅう》をあしらった黒の儀礼衣。これは神秘法院本部の所属、それも筆頭チームである証《あかし》。

つまりは世界最強チーム『すべての魂の集いし聖座《マインド・オーヴァー・マター》』の――

「ヘレネイア」

嗄《か》れた男の声。

名を呼ばれ、少女が読みかけの本をぱたんと閉じた。

「……はいお父様」

「探したぞヘレネイア」

おぼつかない足音。

少女が振り返った入り口側で、杖《つえ》をついた初老の男がゆっくりと歩いてくる。その姿に、少女はハッと目をみひらいた。

「いけませんお父様！　まだお身体《からだ》が十分ではないのです、部屋を出てきては……」

小走りに駆け寄るや、初老の男の背中を支える。

ゆっくりと図書館の椅子に座らせる。

「……情けない」

男が苦笑い気味に頭を振った。

「神秘法院本部の理事長が、まるで役目を果たせておらぬ。そろそろ隠居か」

「何をおっしゃるのです」

少女が愛《いと》しげに微笑《ほほえ》んだ。

頭をふる父親の、その頰《ほお》に優しく手を伸ばして。

「ただ一度の病気です。静養で良くなるのですから……それでどうしたのですか？　部屋を抜けだしてまで急に訪ねてこられて」

「厄介事が起きた」

本部理事長アウグストゥ・O・ミッシング。

その男が、椅子に寄りかかった姿で深々と溜息《ためいき》をついてみせた。

「迷宮ルシェイメアの事件」

「っ」

ピクリ、と。

少女のまぶたが微《かす》かに震えたことに、父親である理事長は気づかなかった。

「……二百人以上の使徒たちが帰還困難になった事件。あれに本部が関わっているのでは、という疑いをかけられた」

「事実無根です」

父に向けた穏やかな声で。

だがそこには、父には気づかれぬほどに微弱な冷たさが含まれていた。

「誰よりも神々の遊びの完全攻略を願うお父様が、なぜあのような不吉な事件と関わりがあるというのでしょう。そもそも何を根拠に――」

「ウロボロス」

「…………」

「神が人間世界に降りてきた。もちろん本体ではなく精神体《スピリチュアル》とのことだが、あの神を撃破した人間をいたく気に入ったらしい。ルイン支部に住み着いているという報告があったのはお前も知っているだろう？」

「……はい」

「その神が断言したのだ。神眼レンズに神々の力を感じると。となれば神眼レンズを配布した本部に疑いがある。ルイン支部から会議の要請があった……」

理事長アウグストゥが弱々しく首を横に振る。

困惑の表情。

それも当然だ。この人間《ちちおや》は本当に何も知らないのだから。

「他の支部も参加する。おそらく会議は長引く……理事長の私が説明するのが筋だろうが、情けないことに今の私では体力が保《も》ちそうにない」

「承りましたわお父様」

悔しげに奥歯を噛《か》みしめる父の背中を撫《な》でて、少女は頷《うなず》いた。

「副理事長の私が、お父様の代わりに出席しましょう。何一つ心配には及びません。ルイン支部の疑いもすぐに晴れます」

「……苦労をかけるな」

「お任せください」

父の手を取り、立ち上がらせる。

その背を支えて大図書館の出口まで誘導。

「会議は明日の正午だ。すまないヘレネイア」

「いいえ。お父様、部屋に戻ったらすぐにお医者様にまた診てもらってくださいね」

父を笑顔で見送る。

その弱々しく曲がった背中が見えなくなるまで見守って――

『……蛇《ウロボロス》。そこまであの人間《フェイ》を気に入ったというのですか』

少女の声ではない。

怒り混じりの神の波動《こえ》が、古《いにしえ》の大図書館にこだました。

2

神秘法院ルイン支部・会議室。

フェイの前には、三十人以上が座れる大円卓が用意されていた。

席には、フェイとミランダ事務長の会議用モニターが設置されている。ちなみに隣には三人分のモニターが用意されているのだが。

「フェイ君。ウロボロス様は？」

「興味ないって断られました。会議に参加してほしいなら我の遊戯で遊んでからだ、って。聞けば最短でも五百時間はかかるゲームらしいんで」

「……レオレーシェ様もだけどさ、神さまって遊戯以外は興味ないよねぇ」

モニターの電源を入れながら、ミランダ事務長が苦笑い。

「今から行う会議は、ウロボロス様が『犯人は神秘法院本部にいる』って証言したことがキッカケだからね。その証人には参加してほしかったんだけど」

「神眼レンズへの仕掛けですよね」

「そう。人間《わたしたち》には神さまの力なんて感じ取れないし、正直『そんな仕掛けは確認できませんでした』って言われたら反論のしようがない……さて」

モニターの電源が点灯。

ジッ、と短い音とともに二十一分割された会議画面が映しだされた。全世界二十の支部、そこに本部を足して二十一。

「……俺たち以外に誰も映ってないですけど」

「私たちが一番乗りだね。ま、あと十二分で始まるから待機してよっか。フェイ君、今のうちにトイレ行っときな」

資料の紙を広げながら、ミランダ事務長が本気か冗談かわからない声音で続けた。

「今日の会議は長びくだろうからね」

その十二分後。

世界中の支部がビデオ会議に会して──

『神眼レンズへの異常は認められませんでした』

しんと静まる会議。

モニター越しに集った三十人以上もの顔ぶれのなか、画面の中央に映る少女が涼やかな声でそう断言した。

開口一番。

会議の発起人であるミランダ事務長が説明し終えた、その直後にだ。

『迷宮ルシェイメアの帰還困難事件。そこに神眼レンズに神の力が施されていたというルイン支部の報告に応じ、本部もレンズの調査を行いました……が、特殊な痕跡は見つけられませんでした』

副理事長にあたる少女。

集まった顔ぶれの誰一人とも目を合わせることなく、言葉を続けて——

『さらに本部所属の事務員と使徒にも聴取を行いましたが、疑わしき者はいないと判断しました。これには詳細な報告書をご用意します』

「質問いいかい？」

フェイの隣の席で、ミランダ事務長が片手を挙げた。

「神眼レンズの異常を発見したのは私じゃない。あのウロボロス様なんだけど、それでも異常なしと断言できるのかい？」

『断言はできません』

少女が首を横に振ってみせる。

『本部に人間しかいない以上、誰も神の御力《みちから》を検出できません。心苦しい話ですが、本部にできるのは神眼レンズに物理的異常があるかないかの確認だけです。ウロボロス様が直々に本部に来てくださるなら話は別ですが』

「……なるほどねぇ」

ミランダ事務長が渋々と腕組み。

神眼レンズに神の力が込められていると主張したのはルイン支部だが、その力を人間が見ることができないのが歯がゆいところだ。

証拠が提示できない。

だからこそウロボロスには証言者として会議に参加してほしかったのだが――

……だけど気になるな。

……何なんだ、本部の自信ありげな言い方は。

フェイが引っかかったのは説明の最後――「ウロボロスが本部に来るのなら証拠は提示できただろうに」と読み取れる。

裏を返せば。

無限神《ウロボロス》は動かない。そう確信している口ぶりに聞こえたのだ。

ゲーム以外の人間世界の動向には興味が無いという、無限神《ウロボロス》の性格を熟知しているように聞こえるのは気のせいだろうか。

『他にご質問はありますか？　理事長は体調が芳《かんば》しくなく、引き続き副理事長の私がお答えいたします』

静寂。

支部の代表者たちは渋い表情だ。

世界中の使徒が迷宮ルシェイメアに閉じこめられた。「神眼レンズに使徒たちを集める仕掛けがあった」と証明できたなら、他の事務長も批判の声を挙げただろうが……

誰も証拠を提示できない。

無限神《ウロボロス》が自ら表に出ることでもない限り。

『迷宮ルシェイメアの件は本部としても調査を続けて参ります。では本日は――』

「最後に一つ聞いていいですか」

少女の言葉に差しこむかたちで、声を上げたのはフェイだった。

モニターの向こう。

大きな翡翠《ひすい》色の瞳でこちらを見返す少女が、訝《いぶか》しげに表情を強《こわ》ばらせた。

『フェイ・テオ・フィルス……』

「ん？　俺のことを知ってる？」

『あなたは本部でも有名だから。私もあなたに関心がある』

本部の副理事長――

否《いな》。今この瞬間にかぎり、こう呼び変えた方が適切だろう。

ヘレネイア・O・ミッシング。

――神秘法院本部が誇る最強チーム『すべての魂の集いし聖座《マインド・オーヴァー・マター》』の代表《リーダー》。

青めいた翡翠色の瞳に、青を帯びた葵《あおい》色の長髪を両側で結んでいる。フェイはその年齢までは調べてないが、顔立ちから判断するに同年代だろう。

……何だ？

……初めて会ったはずだけど、それにしても声が硬い。

妙な威圧感がある。

敵意ほど刺々《とげとげ》しくはないが、こちらに向けた彼女の声はまるで鋼鉄の壁に話しかけているような無機質さを感じる。

『あなたが迷宮ルシェイメアを攻略したことで、あの遊戯に囚《とら》われていた使徒たちが解放された。感謝するわ』

「それはどうも。俺だけの力じゃないけど」

『謙遜？　神々の遊びで七勝〇敗。そんな大記録を更新しているあなたの実力を疑う者などいない。……それで？』

「一つ気になることがあったんだ。大したものじゃないけど」

そう前置きし。

フェイもまた、こちらを覗《のぞ》く少女をまっすぐ見返した。

「さっきの話。神眼レンズの仕掛けについて、『本部の事務員と使徒に聴取を行った』っていう件だけど、その聴取は誰が？　理事長が直々に？」

『理事長は体調が芳《かんば》しくない。今は快復に専念しているわ』

「ってことは——」

『聴取を行ったのは私』

「じゃあ、これはあくまで公正性の為だけに言うけど……ヘレネイア、あんたへの聴取は誰・も・や・っ・て・い・な・い・んだな？」

『…………』

一瞬。

ゾッと静まるような静寂を差し挟んで。

『この場で私を聴取する？』

「俺じゃ何もわからないさ」

試すような口ぶりの少女に、フェイは肩をすくめてみせた。

「神さまの力の介入なんて同じ神さまにしかわからない。だからこそウロボロスの証言は重要な意味をもつと俺は思った」

『そうね。もちろんウロボロス様が本部に来て調査されるなら歓迎するけど』

「じゃあ近々お邪魔するよ」

『ッ』

副理事長の少女が目をみひらいた。

そんなバカな。無限神《ウロボロス》は動かない。人間の事情など知ったことかと遊戯に興じる神が、わざわざ別都市まで動くというのか？

その心の惑いが透けた気がした。少なくともフェイには。

『ウロボロス様が？』

「いや。こっちには元神さまがいるんでね」

『……まさか、北の大寒波地域レイアス＝ベルトで目覚めた竜神？』

「ああ。レーシェなら勘付くかもしれない」

神の格から落ちたことで、竜神レオレーシェは神の感知力を失った。

残っている嗅覚はおそらく一割未満。

それでも神秘法院本部に乗りめば、何かに気づく可能性は高いはずなのだ。

「なにせ本部には神さまが四体も潜んでるからな」

強大な神が四体。

それだけ神の気配《におい》が強ければ、レーシェの弱まった嗅覚《はな》でも感知できる可能性はある。

『――――』

葵《あおい》色の髪をした少女が、ふぅと息を吐き出した。

『どうぞ。あの事件が解決できるなら本部としても願ったりだから。では……他になければ閉会とします。皆さまありがとうございました』

話は終わり。

そう言わんばかりに、率先して本部の映像がプツンと途切れる。

続いて他都市の映像も消えて、フェイの見つめるモニターが無映像の黒一色へ。

「やーれやれ。案の定だね。本部の事務方もわからないのは当然か。ウロボロス様みたく神さまじゃないと感知できないと」

ミランダ事務長が大あくび。

ずっと姿勢を正していたからか、立ち上がるや大きく背伸びして。

「それでフェイ君、今後のことだけ――」

「っ！　ミランダ事務長これ！」

事務長の言葉を遮って、フェイはモニターを指さした。

出席2。退席19。

自分たち以外にも会議に残っている都市がいる。そしてそれは――

「神話都市……本部か!?」

『一つ聞き忘れてたから』

モニターから流れてくる少女の声。

ヘレネイアは退室していなかった。映像のみを切断し、まだ音声をビデオ会議に繋《つな》いでいたのだ。

……何の為だ。

……まさかこの瞬間を意図的に作った？　俺だけと話すために⁉

『フェイ。あなた遊戯は好き？』

どういう意味だ。

少女の問いかけの意味がわからなかった。神々の遊びで連勝を重ねている人間に今さら訊《き》く言葉には思えない。

「……言葉通りの質問なら、もちろん」

が。

少女のさらなる言葉に、フェイはむろん事務長さえも同時に言葉を失った。

『神々の遊びはもう止《や》めない？』

「……何だって？」

『この世界には人間の遊戯が無数にあるわ。人間の一生では遊んでも遊び尽くせないほど限りなく。ならば神の遊戯に拘《こだわ》る必要はないと思わない？』
一瞬、答えに窮した。
納得したからではない。あまりにも常識から逸脱した話だからだ。
……本部の筆頭チームの代表《リーダー》だぞ？
……神々の遊びで七勝してるチームの言うことか？
隣に立っているミランダ事務長も、あまりのことに口が塞がらない状態だ。
『どうかしら』
「あいにくと――」
漆黒の画面。
相手の顔が見えないなか、フェイはそれでも目の前のモニターを見つめ返した。
『俺にも神々の遊びに挑む理由がある」
約束がある。
それは、こんな突然の提案に揺らぐほど軽いものではない。
〝わたしは神に戻るために。キミはその子を探すために〟
〝俺の全力で挑むって約束するよ。神々の遊びの十階層《すべて》を目指して〟

『……そう』

黒い画面の向こう。

マイク機能を通じた少女の声だけが伝ってくる。

『まだ知らないのね。神々の遊びが十勝してはいけないものだと』

「っ!?」

どういうことだ。

フェイが前のめりになってモニターに近づくのと同時。

『本部に来るなら事前に連絡を』

そう残して――

神秘法院本部の少女は、ビデオ会議から立ち去った。

3

使徒の寮。

ビデオ会議を終え、ミランダ事務長とも別れて――

「…………」

フェイは、自分の部屋の床に寝そべって天井を見上げていた。

癖かもしれない。

考え事をする時、椅子よりも床に寝そべりたくなる。ベッドで横たわると眠気がやってくるから、寝転ぶならば硬い床の方がいい。

……この部屋で、こんな物思いに耽《ふけ》るの。

……三度目だっけか。

二度目は直近だ。

半年ぶりにルイン支部に戻ってきた日。「赤い髪のお姉ちゃん」そっくりな竜神レオレーシェと出会い、無意識のうちに面影を重ねてしまった。

では一度目は？

新人だった自分《フェイ》が所属したチームが解散した日だ。

なぜ解散したのか。新人だった自分には何が何だかわからなくて、この部屋で丸一日中ぼうっと過ごすしか無かったのを覚えている。

〝フェイって半年ぶりに戻って来たのよね。それまで入ってたチームもあったんでしょ〟

〝解散したんだよ〟

〝喧嘩《けんか》したの？〟

〝仲良かったよ。突然だった。俺がチーム部屋に行ったら解散が決まってて……〟

レーシェに訊《き》かれた時もそう答えた。

だが一つだけ、思い返せば予兆があったのだ。チーム解散の数日前、リーダーの青年が独り言を呟《つぶや》いていた。


〝見てしまったんだ。このゲームはクリアすべきじゃない〟


当時、それが何のゲームかわからなかった。

だが今日──

ヘレネイアの言葉を聞いた瞬間、点と点が繋《つな》がった。

チーム解散寸前に彼《リーダー》が発した意味はもしや……「神々の遊戯《ゲーム》は攻略《クリア》すべきじゃない」だったのではないか？

「待てよ、だとしたら！」

弾みをつけて起き上がる。
・・・・・・先輩は何を見たんだ？」
何かを見た。

それが原因で「神々の遊戯《ゲーム》は攻略《クリア》すべきじゃない」に至ったのだとしたら。

「先輩に訊くことができれば……ヘレネイアが言っていた意味もわかるのか……？」

トクン、トクンと胸の鼓動が早まっていく。どんな遊戯とも違う異質な緊張感のなか、テーブル上の通信機を手に取った。

『あー、もしもしフェイ君？　どうしたんだい、さっきの会議の件なら――』

「ミランダ事務長」

一呼吸。

自らを落ちつかせる間を挟んで、フェイは言葉を続けた。

「ケイオス先輩の居場所って調べられますか？　俺の前チーム『覚醒《アウェイキン》』のリーダーの」

4

翌日――

「というわけでケイオス先輩に会ってみたい」

「というわけで、が強引すぎませんか!?」

ミランダ事務長の執務室。

テーブルを囲んで座るのはフェイ、レーシェ、パールとネルの四人だ。

「……もぉ。考えることでパンパンですよ」

パールがはぁと溜息《ためいき》。

落胆というより、今まさにフェイが話した情報量に圧倒されたからだろう。

「フェイ殿の前チームの話、興味深く聞かせていただいた」

隣のネルは、腕組みして神妙な面持ちだ。

「そうか……てっきりレーシェ殿と新チームを作るために旧チームを脱退したと思っていたが、旧チーム『覚醒《アウエイキン》』は解散していたのか。そして当時の代表《リーダー》ケイオス殿が、チーム解散直前に意味深なことを言っていたと」

このゲームはクリアすべきじゃない。

それが最強チーム『すべての魂の集いし聖座《マインド・オーヴァー・マター》』の少女が発した言葉と奇妙な一致に感じられた。

神々の遊戯は攻略してはいけない、と。

「レーシェ殿、この中で心当たりがあるとすればレーシェ殿だが……？」

「全っ然！」

炎燈色《ヴァーミリオン》の髪をバサッと振り乱し、レーシェが思いきり首を横に振ってみせた。

「神々の遊びを司《つかさど》る神だった立場で言うけど、神々はゲームに挑んでくる人間は大歓迎だし、人間が勝てば負けを認めるし、十勝する人間が現れたなら『おめでとう』くらいの気持ちだし。十勝されて具合が悪いなんて事は絶対ないわ！」

「……ですよねぇ」

テーブル上のクッキーを摘《つま》みながら、パールも首肯。

「事務長は、会議に出てどんな印象でしたか？」

「およそ予想どおりだよ」

事務机で、ミランダ事務長はモニターと睨《にら》めっこの最中だ。

「本部の理事長は大病を患った直後でね。ご令嬢であり副理事長でもあるヘレネイア嬢が会議に出られることも妥当。神眼レンズに込められた神の力も知らないと言われると思ってたよ。なにせ人間には感じ取れないんだから」

「……じゃあヘレネイアさんは、どうしてフェイさんにあんな事を？」

「私の邪推だけど、先を越されたくないとかね」

ミランダ事務長が端末にタッチ。

壁に埋め込み式の巨大スクリーンが点灯し、そこにフェイとヘレネイア二人の姿が。

【七勝】ヘレネイア・O・ミッシング。（チーム『すべての魂の集いし聖座《マインド・オーヴァー・マター》』）

【七勝】フェイ・テオ・フィルス。（チーム名未登録）

「私としてはフェイ君たちのチーム名がまだ決まってないことに悶々《もんもん》としてるけど、まあそれはそれとして……」

ミランダ事務長がモニターを指さした。

綺麗《きれい》に揃《そろ》った二つの「七」を。

「並んだのさ。フェイ君の勝ち星が、世界最強チームの代表《リーダー》と」

「おおっ!?　す、すごいじゃないですか！」

「ただし神秘法院の公式データだよ。実際は賭け神《ブックメーカー》戦で三勝失ったりしてるけど……ま、要するにヘレネイア嬢視点では『並ばれた』と思ってるわけだよ」

フェイの真の勝利数は「六」。

フェイが神眼レンズを装着せずダイヴした二つの遊戯――賭け神《ブックメーカー》戦、そして神樹の実バスケットボール戦を、本部は見ることができなかった。

そこで勝利数の認識にズレが生まれたのだ。

「まあ私の邪推だよ？　理事長の一人娘で世界最強チームの代表《リーダー》ヘレネイア嬢にとって、後ろから猛スピードで追いついてきたフェイ君をライバル視しても不思議じゃないんじゃないかな」

「……私も失礼ながらそう考えてしまった」

頷《うなず》くネルは、やや苦々しい面持ちだ。

「我々がこのまま勝ち続けると、人類至上初めての完全攻略で先を越されるかもしれない。それを牽制《けんせい》する意味で『神々の遊びで十勝してはいけない』だったのでは……と。フェイ殿はどう思う？」

「……俺もまだ真意はわからない」

事務長やネルの言う「ライバルへの牽制《けんせい》」という線も捨てきれない。

が、それでは説明がつかないのだ。

旧チーム『覚醒《アウェイキン》』の代表《リーダー》ケイオスの言う「このゲームはクリアすべきじゃない」という悔恨めいた呟《つぶや》きの謎が解けない。

……でも元神さまのレーシェは心当たりがないって断言した。

……なおさらケイオス先輩は何を見て、何を知ったんだ？

「ミランダ事務長、昨日頼んだ件は」

「ケイオス君の行き先だろ。半年前の記録しか残ってないけどね」

事務長が端末を再び操作。

スクリーンに映しだされたのは、鈍い青髪をした端整な面立ちの青年だ。

「旧チームの解散申請が半年前。その後だけど、神秘法院の寮も引き払ってルインからも出て行ってるね」

「どこに行ったかわかりますか」

「遺跡都市エンジュ」

そう答えたミランダ事務長が、やれやれと眼鏡《めがね》のブリッジを押し上げた。

「古代魔法文明の跡が発掘された地。観光目的で行くなら止めないけど、休暇申請は出すように。あとちゃんと帰ってくること」

その数日後——

古代都市エンジュに到着したフェイたちは、旧チーム代表《リーダー》ケイオスがさらに別都市へ移動した後であると知ることになる。

Chapter

Intermission　ヒトと神の終わりの時代

鳥よりも高く——

蒼穹《そうきゅう》に流れる千切れ雲のなか、銀色に輝く浮遊都市。古代魔法文明の「魔法」をもっとも色濃く残した神話都市ヘケト＝シェラザード。

その大図書館は、静かだった。

古《いにしえ》の記録書が何百冊と眠るこの部屋は、一年を通してほぼ無人。

誰も興味がないからだ。はるか昔の時代に何があったのか。興味を持つ者など一握りの学者だけ。

だから少女は、今日も一人だけ。

「…………」

薄紫色の髪の少女が、その翡翠《ひすい》色のまなざしでじっと本を見つめていた。

静かに葉《ページ》をめくる指。

そこへ近づいてくる足音。徐々に音が大きくなって。

「ヘレネイア」

「……私の独断です。彼《フェイ》を霊的上位世界に閉じこめようとしたのは、あなたに恨まれることを覚悟で行いました」

カツッ。

靴音。そこに振り向くことなく、ヘレネイアは続けた。

「でも失敗した。彼の神呪《アライズ》に弾《はじ》かれたのです。彼に神呪《アライズ》を与えた神は、よほど彼のことを愛しているのでしょうね。誰が名付けたかわかりませんが『神の寵愛《メイユア・ゴッド》を授かりし』とは言い得て妙です」

「それは承知した。俺が聞きたいのはその先だ」

「彼が本部に来たら？　ですか」

少女がパタンと本を閉じる。

「何もしません。私の正体が見透かされたとしても、私たちの目的も行動も何一つ変わることはない。変えてはいけないのです」

「………………」

「むしろケイオス、私が心配しているのはあなたです」

閉じた本を手にしたまま――

ヘレネイアが静かに振り返る。眼前に立つ長身の青年へと。

「あなたは私たちのチームの指導者《コーチ》です。あなたの協力なくしてこの計画はなしえなかった。感謝しています」

「ああ」

「と同時に、あなたは私たちのチーム唯一の人間です。私のように人と神が混ざっている
こともない完全な人間」

「そうだな」

「そしてあなたは彼の旧チームの代表《リーダー》だったと聞きました。彼と再会した時、あなたが情
を寄せ、彼の味方をしてしまうのではと思ってしまいました」

「…………」

「どうですか?」

「その懸念はある意味正しい。だが結論は逆だ、ヘレネイアよ」

青年が、書棚から古書を引き抜いた。

古代魔法文明の研究書。その表紙を見下ろしながら。

「俺は、人類のために神々の遊びを止めたい。それが巡り巡って俺やフェイのためになる
以上、あの日あなたに誓った決意が揺らぐことはない」

「それは良かった」

少女が微《かす》かに笑んだ。

二十一の支部本部が集うビデオ会議では常に無表情に近かった少女が、初めて感情らし

い感情を見せた瞬間だった。

「迷宮ルシェイメアの計画には時間を要しました。あれが頓挫《とんざ》してしまっても、私たちは諦めるわけにはいきません。皆さまにも、しばしお力添えをお願いします」

少女と青年の背後――

朧気《おぼろげ》な電灯のもと、そこには三人の使徒がいた。

大図書館の扉は閉じている。いつの間に、そしていかなる手段でここに現れたのか。

世界最強チーム『すべての魂の集いし聖座《マインド・オーヴァー・マター》』。

――気弱そうな赤毛の少女。

――片眼鏡《モノクル》をした知的な青年。

――にこやかな褐色の少年。

そして代表《リーダー》ヘレネイア。


四人すべてが、神。

より正確さを求めるならば一人が半人半神、残る三人が神の精神体《スピリチュアル》。

いずれも強大無比。

「そ、そのぉ……冥界神《アヌビス》のねーちゃんは、もう協力してくれないのかにゃ……」

赤毛の少女が怖《お》ず怖《お》ずと口にする。

——超獣ニーヴェルン。

ヒトに「超人化」の礎《いしずえ》となった神呪を授けた神が、何とも残念そうに——

「迷宮ボスの『眠れる獅子』と『スフィンクス』のデザイン、余も協力したのになぁ……。がっかりにゃぁ……」

「ほほっ。残念がることはないぞニーヴェちゃん。神とは移ろわず。けれど気まぐれじゃ。だから神は面白い」

朗らかなボーイソプラノで笑い飛ばしたのは、褐色の少年だ。

可愛《かわい》らしいと呼ぶに差し支えない童顔とボーイソプラノだが、その口ぶりは奇妙なほどの老練を感じさせる。

「言うなれば、我が輩が協力してるのも気まぐれじゃ。のうヘケちゃん」

「ご老体」

褐色の少年に、ヘレネイアが溜息《ためいき》まじりに応じた。

「私は、地上ではＨｅｃｋｔ《ヘケト》－Ｍａｒｉａ《マリア》ではありません。ヘレネイア・Ｏ・ミッシングです。私は、まだもう少しだけ人間でいたいのです」

「おお失敬」

「そしてもう一つ」

ヘレネイアの稚気《ちき》を湛《たた》えた微苦笑。

この少女にしては珍しくもイタズラ口調で。

「私は、ご老体が大切な仲間だと思っていますよ？　気まぐれなんかじゃなく、心から、私の願いに賛同してくださると」

「……むっ。ま、まあそうじゃが……」

「ふふっ、今度は精霊王《アラソラギ》の爺《じい》ちゃんが困ってるにゃ。ヘレネイアちゃん。この爺ちゃん、こう見えて純情に弱いにゃ！」

気弱そうな赤毛の少女が、可笑《おか》しげに肩を揺らせて。

「神は全知全能。ゆえに個を好み、全を選ばず。でもヘレネイアちゃんは違った。神でありながら余に協力を縋《すが》った。その真に神らしくない姿が可愛いと思うから、余もヘレネイアちゃんに力を貸すにゃ」

「……私は、半分は人間ですから。神らしくない事は得意なのです」

ヘレネイアがふっと息をこぼす。

半分は人間である——その言葉に込められた数多《あまた》の感情は、全知全能の神々さえすべてを見透かすことはできなかったに違いない。

「卿《けい》も、改めてよろしくお願いします、『なふたゆあ』」

「——」

片眼鏡《モノクル》をした青年が、黙って首肯。
この神は自ら言葉を発することがほとんどない。人語を喋《しゃべ》れないのではない。
これもまた遊戯。
言葉を使わずどれだけ意思を伝えられるか――その伝言ゲームを楽しんでいるだけだ。
そう。
この神々もまた、等しく遊戯を愛する者たち。
その神々が決した計画が――
「ごめんなさいお父様」
大図書館に静けさが満ちていくなかで。
弱々しい電灯のもと、少女へレネイアが祈るように顔を上げた。
「あなたの娘は、神々の遊びを攻略するのではなく壊します」

これは――
人と神の狭間《はざま》に揺れる少女の、人と神を分かつ計画。

Chapter

Player.4 あの時、あの人が見たものは

God's Game We Play

1

遺跡都市エンジュ。

もう数十年以上も前のこと。古《いにしえ》の伝承でしかなかった古代魔法文明の存在が、この地で初めて明らかになった。

空に浮かぶ都市群。

だが何かが原因で次々と地上に落下し……古代魔法文明は伝説のなかに消えていった。

その遺跡がここにはあるのだ。火山灰に覆われた地層で、この都市では今も遺跡の発掘が続いている。


大陸鉄道で丸一日以上も移動し続けて――

灰色の火山灰が積もった大地を進み、はるばる遺跡都市エンジュに到着したのだが。

「……なんか静かな都市ですね」

「率直にいえば少し寂《さみ》しいな。もっと賑《にぎ》やかかと思ったが」

パールに続いてネル。

石畳の歩道を歩きながら、二人はきょろきょろと街並みを見回している最中だ。

一言でいえば「古い」。

まず高層ビルがない。企業のオフィスや高層住宅街といったものがほとんど見当たらず、灰色のレンガを組み立てた古い家屋が多い。

フェイたちの地元ルインのような、あの洗練された街並みとは大違いである。

極めつきに、神秘法院の支部さえないのだ。

「……ご飯を楽しみにしてたんですが」

観光パンフレットを広げるパール。

「……名物料理は特になし。有名ホテルもなし。数少ないお土産もただ『エンジュ』って書かれたクッキーとチョコだけ。これじゃあ旅の楽しみも半減です」

「ご当地ゲームもないの⁉」

先頭を歩くレーシェが、こちらもパンフレットを凝視しながら悲鳴を上げた。

「嘘《うそ》でしょ……遺跡都市っていうくらいだし、遺跡をモチーフにしたゲームがあったっていいのに。しかも神秘法院の支部さえないって……あぁ……」

はぁ、と溜息《ためいき》。

くるりと半回転したレーシェが、がっくりと肩を落として――

「フェイ、帰りましょ」

「フェイさん、帰りましょう」

「うむ。この地に留《とど》まる理由は無いように思えるが……」

レーシェにパールに、さらにはダメ押しと言わんばかりにネルが頷《うなず》いた。

「フェイ殿、残念ながら徒労だったようだ。旧チームの代表《リーダー》ケイオス殿がいない以上、ここに残る理由はないように思える」

「……そうだなぁ」

少女たち三人と歩きながら、フェイは手元の通信端末を見下ろした。

モニターの表示情報は旧チーム代表《リーダー》ケイオスの住所。それはこの大通りの一角で、さらに言うならつい先ほど通り過ぎたばかり。
・・・・・・
空き家だったのだ。

半年前に遺跡都市へやってきた彼は、既に別の都市に去っていったらしい。

……どういうことだケイオス先輩？

……ルインからここに引っ越して、なのに半年も経《た》たずにまた移動しただって？

そもそも何故ここを選んだ？。

神秘法院の支部さえない辺境の都市。唯一の特徴といえば、古代魔法文明の遺跡があるという点だけだが。

「……にしてもミランダ事務長の情報、相変わらず当てにならないな」

フェイにとっては二度目だ。

半年前には「赤い髪のお姉ちゃん」の情報がただの噂《うわさ》で、そして今回も空振りだ。

「フェイ殿。夕方に出発する列車の席がまだ空いている。それに乗れば明日の真夜中には
ルインに帰れるが……」

「そうだなぁ。せっかく観光のつもりで来たけど……」

大通りを見回してみる。

歩いているのは地元の親子連れに、発掘現場の作業員たち。

観光目的の旅行者は皆無である。この都市は遺跡発掘の地であって、観光の地ではない
ということなのだろう。

「じゃあ帰る手続きを——」

そんなフェイの頭上めがけ、超高速で「何か」が降ってきた。

「人間ちゃんちょっと待ったぁぁぁぁぁぁぁっっっっ！」

轟《ごう》ッ！

隕石《いんせき》の落下さながらの爆風と轟音《ごうおん》が、大通りのど真ん中で破裂。

「きゃっ⁉」

「な、なんだ！　火薬の爆発か⁉」

遺跡都市エンジュの人々の悲鳴。

騒ぎを聞きつけた者たちが次々と集まってくる。濛々《もうもう》と立ちこめる砂煙の奥で、地面に巨大クレーターができていた。

何が落下した？　ミサイルか？　隕石か？

「いいや我だよ！」

深さ三メートルはあろうクレーターの底から、銀髪の少女が飛びだした。

無敗の二文字が書かれたド派手Tシャツが腹までめくれる勢いで、空中でくるりと一回転。そのままフェイの前に降り立って。

「……ウロボロス？」

「人間ちゃん！　追いかけっこは我の勝ちだね！」

「追いかけっこかどうかはさておき、まさかルインから？」

「そうだよ！　我が寝てる隙に人間ちゃんがいなくなってたから追いかけたのさ！」

ちなみに誤解である。

ウロボロスが寝ている隙にではなく、寝ているのを起こそうとしたのだが熟睡しすぎて起きなかっただけだ。

「でもほら、人間の調査には興味ないって言ってたし」

「うん。っていうかここはどこだい？……おお、ここはもしかして……？」

ウロボロスがきょろきょろと辺りを見回す。

今の大爆発は奇跡的に被害ゼロだったらしいが、逆にそのせいで何十人という野次馬《やじうま》が集まりつつある状況だ。

「……フェイ殿、我々まで注目されているようだが」

「……フェイさん、あの、アタシたち移動しませんか？」

「ここは嫌かい？」

ネルとパールの囁《ささや》きを耳聡《みみざと》く聞きつけ、ウロボロスがポンと手を打った。

「ならば我が招待してあげる」

『え？』

「行くよ！」

ウロボロスに手首を掴《つか》まれた。フェイがそう認識する間もなく全身が浮遊感に包まれ、脳が揺さぶられる衝撃で目の前が真っ白に――

気づいた時には、フェイは地面に腰を思いきり打ちつけていた。

「あ痛《いた》っ！」

「ん？　どうした人間ちゃん？」

「………腰骨が粉砕するかと思った……いったい何が……んっ⁉」

目の前はもう、大通りではなかった。

空を渡ったのか空間を飛び越えたのか。

「あっ、ここわかりました！　都市の外れにある発掘現場ですね⁉」

パールが取りだしたのは都市のパンフレット。

その見開きにある写真と、目の前の工事現場のような光景を見比べて。

「やっぱり！　遺跡都市エンジュの西側一帯は、古代魔法文明の遺跡が数多く見つかっていると書いてあります。その発掘現場に転移したんですよフェイさん！」

「……ここが？」

灰に覆われた巨大発掘現場。

色あせた黄金の祭壇があり——

明らかに現代語ではない文字が刻まれた石柱が何本も建ち並び、いくつかは途中でへし折られ、いくつかは完全な姿で残っている。

そして極めつきは、目の前にそびえ立つ巨大な黒岩の壁だ。

画板《キャンバス》めいた長方形。

石柱と同じく、現代語ではない文字がびっしりと埋めつくしている。

「これひょっとして……」

岩の画板を見上げるレーシェが、一歩、近づいた。

懐かしそうに目を細めて。

「『我ら　人と神　交わりの証《あかし》』……古代魔法文明の文字ね。見覚えあると思ったわ」

「……へえ。これがか」

黒碑に刻まれた文字をフェイは知らないが、古代魔法文明からの生き証人であるレーシェが言うなら間違いあるまい。

「ウロボロス？　なんで俺たちをここに？」

「ふふん、気になってるようだね人間ちゃん」

ウロボロスが嬉《うれ》しそうに声を弾ませる。

「まあ我は無敗だからね。そういえば前に約束してる神がいたなあって思いだしたのさ。合流場所にちょうどいい」

「ん？」

「人間ちゃんに会わせたい奴《やつ》がいるんだよ。今からソイツを呼ぼうかなって」

会わせたい奴？

はて、思い当たる節がない。隣のレーシェやネル、パールも不思議そうに首を傾《かし》げてみせる。と思った矢先にウロボロスが。

「少し時間がかかるから人間ちゃんたちは遊んでおいで」

「……ん？」

「……え？」

「……ふぇ？」

「……何？」

つっ、と。ウロボロスが灰に覆われた地面を撫《な》でる。

刹那——銀色に光輝く巨大な円環が、フェイたちの足下に一瞬にして広がった。

自らの尾を咥《くわ》えた蛇の円環。

始まりと終わりが一体化した「無限」の象徴たるウロボロスの環《わ》。その環が囲む大地がみるみる透けて、虹色の光に塗りつぶされていく。

「これは……！」

「巨神像の扉と同じ光です!?」

とてつもない秘蹟《ちから》。

人間世界と霊的上位世界をたやすく繋《つな》いでみせた。そうわかった瞬間には——

フェイたちは、ウロボロスの環から霊的上位世界へとダイヴしていた。

Chapter

Player.5　VSドンちゃん　―そしてみんないなくなった①―

God's Game We Play

1

高位なる神々が招く「神々の遊び」。

選ばれた人間は使徒となり、霊的上位世界《エレメンツ》への行き来が可能になる。

いま――

フェイたちが到着したのは、土の匂いが満ちた遺跡の内部だった。

ここ広間らしき場所には五つの出口。それぞれ暗い通路に繋がっており、奥では蝋燭《ろうそく》の火がゆらゆらと揺れている。

「……俺ら、ウロボロスに問答無用で飛ばされたみたいだな」

地下遺跡を模した神々の遊び場だろう。

天井は土でできており、触れた横壁もぼろぼろと崩れるほど脆《もろ》い土の壁だ。

「黴臭《かびくさ》い上に空気も淀《よど》んでいる。ずいぶんと陰気な場所だな……」

緊迫した口ぶりで、ネル。

霊的上位世界《エレメンツ》といえば壮大にして神秘的なる神々の住処《すみか》。だがこの地下遺跡はどうだ。何とも陰気で怪しげではないか。

「嫌な予感がするぞフェイ殿。こんな陰気な場所を塒《ねぐら》にする神だ。おそらくさぞ意地悪な遊戯を仕掛けて――」

どどどど、と。

何とも騒がしい足音が奥から響いてきたのはその時だ。


「あっはっはー、ようこそ我が迷宮へ！」


毛皮を着た人間型の神。

牛のような二本の角を生やした大柄な女神だ。おっとりした大人びた容姿に、肩が剥《む》き出しの毛皮という原始的な衣装である。

「私こそがこの地下迷宮の主、人獣神ミノタウロスだぞーっ！」

ミノタウロス。

地下迷宮の主である「牛」の神である。

そんな神さまの最大の特徴は……これでもかというほど大きな豊かな胸だ。

走るたびに大きく飛び跳ねるほどの大胆な揺れ方で、それを見たレーシェとネルが思わず「でかっ⁉」と悲鳴を上げたほどである。

「人間四人、よく来たね……あれ？」

そんなミノタウロスがこちらを眺め回して、最後のパールで目を瞬《しばたた》かせた。

パールを凝視するが、その視線の先は顔ではない。神が見つめていたのは服の内側から盛り上がる、実に見事な胸の膨らみだ。

「……負けてない！」

ネルが叫んだ。

「直接的な大きさでは神《ミノタウロス》に分があるが、身長÷胸のサイズ対比は、私の見立てではほぼ互角！　これは過去最大の戦いになるぞ！」

「なんの戦いですか⁉」

パールが突っ込むなか、おっとり顔のミノタウロスが「あああっ！」と目を輝かせてパールの胸を指さして。

「私の同族《なかま》がいる！」

「あたしは人間ですが⁉　っていうか何処《どこ》を指さしてるんですか⁉」

「もしや！　５００年前に生き別れになった私のお姉さん⁉」

「違いますってば⁉」

まさかの同族認定である。

人獣神ミノタウロスから見ても、パールの胸は「神」と認定されたらしい。

「姉妹で間違いないわね。胸も性格も同系統だし」

「レーシェさんまで⁉」

「よく来たね人間たち、まずは自慢の迷宮を見てちょうだい！」

ミノタウロスが陽気に両手を広げてみせた。

「この迷宮で、人間《プレイヤー》は神《わたし》に捕まらないよう逃げ続けてゴールを目指すの！　ふふふ人間たち、こんな立派な迷宮を見たのは初めてでしょう！」

「いや」

「……え？」

牛の角を生やした女神が、キョトンと瞬《まばた》き。

「気のせいかな？　今なんか」

「……あー。そのごめん……やる気に満ちあふれてるところ悪いんだけど……」

バツの悪い苦笑いで、フェイたちは顔を見合わせた。

「俺たち――」

「わたしたち別の迷宮ゲームを攻略したばかりなのよね」

「……なるほど。神々の数が多ければこういうこともあるのだな」

「……ゲーム被りってあるんですねぇ」

そう、まさかの被《かぶ》りである。

冥界神《アヌビス》の迷宮ゲーム。

人獣神《ミノタウロス》の迷宮ゲーム。

広大な迷宮からの脱出という最大の個性が被ってしまった。神々はそれぞれ好き勝手に遊戯を作る。他の神がどんな遊戯を作ったか当然知るわけもない。

「な、ななな何だって⁉」

ミノタウロスが動揺して後ずさり。

「そんな……だって私の迷宮にはモンスターがいて！　倒すことでアイテムを取得でき、それを駆使して最後にはボスの私と戦う大イベントもあるんだよ。そうそう簡単にゲームが被るわけないよ！」

丸被りである。

まさしく冥界神《アヌビス》のゲームコンセプトとうり二つ。

「……似てるなぁ」

「わたしは同じゲームでもいいわよ」

「あたしも、長いゲームでなければ同じでも」

「私も異存ない。同じゲームだからこそ経験値が生きるというものだ」

「同じ同じ同じ言わないでぇぇぇぇ――――っ！」

地下迷宮にこだまする神の悲鳴。

「……う、ううぅ……そんな……」

牛の女神がぺたんと床に座りこむ。

そのおっとりとした双眸《そうぼう》の端に、じわりと水滴が滲《にじ》んで――

「うわああああああああんっっ！」

泣き出した。

目元を真っ赤に腫らして、大粒の涙をぼろぼろと零《こぼ》しながら。

「え？　ちょ、ちょっと泣くほどじゃあ……」

さすがに気まずい。

どう慰めよう。顔を見合わせるフェイたちだが、足下で起きつつある異常に気づくのにそう時間はかからなかった。

……ぽちゃん。

ミノタウロスの流した涙が床に溜《た》まり、足首の高さまで到達しようとしていた。

涙が・・・多すぎる。

「うわあああんっ！」

ミノタウロスの目からこぼれた涙が床を浸し、怒濤《どとう》の勢いで水溜まりとなり、それがフェイたちの膝の高さまで到達していく。

「ちょ、ちょっと待てミノタウロス殿!?　このままでは……」

「あたしたちが溺れちゃいますが!?」

ネルとパールの制止も届かない。

泣き続ける神がすぅっと息を吸って、そして――

「ポ・セ・イ・ドン・ちゃ――――ん！」

そう叫んだ時。

フェイたちが膝まで浸《つ》かっていた水が、勢いよく天井まで噴き上がった。

「我が輩の友達《ともだち》をいじめたのはどいつだ――――っっ！」

何者かの大声。

だが誰の声かもわからぬまま、フェイたちの頭上で地下遺跡の天井が崩落した。大量の土砂と砂埃《すなぼこり》で埋めつくされて――


気づいた時には、フェイは真っ青な大海原に浮かんでいた。


泳いでいるわけではない。

なんと自分たちは、海上を漂う巨大クラゲの上に乗っていた。

「ねえフェイ、地下遺跡が海底にあったってことかしら？」

「……たぶん。あの地下遺跡の上に、まさかこんな広大な海があったなんてな。そういや、天井が崩れる前に誰かの声がしたような……」

そんなフェイたちの前で、海面が大きく盛り上がった。

ざぁぁっっと豪快な飛沫《しぶき》を上げて、海中から巨大な白鯨が飛びだしたのだ。


「我が輩の霊的上位世界《エレメンツ》である！」


真っ青な髪の少女が、クジラの鼻先で立ち上がる。

パールよりも幼い童顔に、好奇心旺盛そうに爛々《らんらん》と輝く瞳。手にはやたら大きな三叉槍《トライデント》を握りしめて。

「海神ポセイドンちゃんとは我が輩のことじゃ！」

外見だけならば、少女と幼女のちょうど間ほどだろう。

可愛《かわい》らしく愛嬌《あいきょう》のある姿だが、その全身から溢《あふ》れんばかりに感じられる重圧感《プレッシャー》はまさしく神のソレだ。

「ポセイドン殿だと？　我々の相手はミノタウロス殿のはず。地下遺跡が崩れて……この海はあなたの霊的上位世界《エレメンツ》だと!?」

「ちがーうっ！」

神の少女が三叉槍《トライデント》を振り回した。

「ポセイドン殿ではない。ポセイドンちゃんじゃ！」

「そ、そう呼べと⁉」

まさかの要求にたじろぐネル。

「だ、だが神さまを『ちゃん』で呼ぶのは抵抗がある。ここは一つポセイドン様ではどうだろう？」

「嫌じゃ。どうしても呼びたければポセイドン様ちゃんと呼べ！」

「――閃《ひらめ》きました！」

パールが、キラリと目を輝かせたのはその時だ。

「ならばドンちゃんではどうでしょう！」

「許そう！」

いいんだ……。

フェイたちがそんな感想を浮かべている前で、白鯨にミノタウロスが飛び乗った。

「ドンちゃんはね、ちゃんって呼ばれるのが好きなんだよ」

ポセイドンを後ろからぎゅっと抱擁。

大柄なミノタウロスと子供のようなポセイドン。まるで子供を抱きしめる母親のような雰囲気だ。

「くく……まさかのゲーム被《かぶ》りとはな。ならばミノちゃんに代わり、我が輩のゲームで勝負するぞ人間たちよ！」

ポセイドンの不敵な笑顔。

「我が輩のゲームが気になるか？　ならば教えてや——」

「ドンちゃんの遊戯はね、『そしてみんないなくなった』っていう迷宮迷信ゲームだよ」

「ミノちゃん!?　なぜ先に言う!?」

振り向く海神ポセイドン。

そんなポセイドンの頭を優しくなでながら、ミノタウロスがクスッと笑んだ。

「ドンちゃんは他にやる事あるでしょ？」

「むぅ……ではゲーム説明はミノちゃんに任せるとしよう。さらば！」

跳躍。

白鯨の鼻先を蹴って飛び上がったポセイドンが、真っ青な海面に飛びこんだ。ブクブクと泡を立てて沈んでいき、浮かび上がる気配がない。

「え？　ま、まさか溺れたんじゃ!?」

海面を覗《のぞ》きこむパール。

その瞬間、無限に広がる海が真っ二つに割れた。

轟《ごう》ッと爆《は》ぜる音を立てながら、二つに割れた海が続けて四分割に。さらに細かく複雑に割れていくことで『海の迷路』を形勢し始めた。

「な、何ですかこれはぁぁっっ!?」

「……また大がかりな仕掛けだな。海をこういう風に使うのか」

クラゲの背中から飛び降りて地面に着地。

海が割れたことで、自分《フェイ》たちは海底だった場所に立つことができたらしい。

まわりは壁だらけ。

それもコンクリートや土ではない。海水でできた壁によって巨大迷路が作られたのだ。

海水だから壁は青みがかかった半透明で、内側には魚も泳いでいる。

「……水族館のなかに放り出された感じですね」

おそるおそるパールが壁に触れてみる。

ぽちゃん、と。

まるで海面に触れた時のように、海水でできた壁が波打った。

「ふふ。驚いたでしょー」

そんな迷路の奥から、ミノタウロスがひょっこりと顔を覗《のぞ》かせた。

「その壁を覗きこんでみてー。何が見える？」

「む？　何が見えると言われても……」

ネルが海水の壁をまじまじと覗きこんだ。

「壁の中には小魚の群れが泳いでいるだけだが……」

「違う違う。ほら海面を覗くと、鏡みたいに自分の顔が映ったりしない？」

「ああそれはさっきから見えているが……ん？」

ネルが顔を近づける。

鏡に虚像が映るように、海面に自分の姿が映るのはごく当たり前の自然現象である。

フェイ、レーシェ、パールにネル。四人全員《じぶんたち》の虚像が映っている。

「自分たち」の虚像四人が、こちらを見てニヤリと笑った。

「うわっ!?」

ゾクッと背筋を撫《な》でる寒気に、フェイを含む四人全員が跳び下がる。

それとほぼ同時——

海面に映る虚像だったはずのフェイ、レーシェ、ネル、パールがぱしゃんと水面を突き破って現れた。

まったく同じ姿の偽者四人。

そこにピタリと重なるタイミングで、奥にいる白鯨の噴きだす潮が、猛烈な滝のごとく膨大な水しぶきとなって降ってきた。

「きゃっ⁉」

「くっ⁉」

水しぶきに目をつむる。

本物のフェイたちが目を開けた時には、もう――

フェイA、レーシェA、ネルA、パールA
フェイB、レーシェB、ネルB、パールB

胸にAとBのバッジをつけた八人が、円陣を組むようにして並んで立っていた。

今の水しぶきで――

偽者四人が本物に混ざりこんだのだ。

「えええええっ！　ちょっと待ってください⁉」

Bのバッジをつけたパールが、大慌てで声を張り上げた。

「本物のあたしがなんでBなんですか⁉　あたしが本物だからAですよ！」

「な、何を言ってるのですか⁉」

Aのバッジをつけたパールも慌てて反論。

「偽者《にせもの》のくせになんて巧妙な……！　フェイさん！　フェイさんなら、このあたしAこそが本物だってわかりますよね！」

「フェイさん！　Bのあたしこそ本物ですよね！」

まったく同じ姿のパール。

だが訊《たず》ねられた側のフェイも二人いるのだ。

「じゃあ聞くけどさパール」

「俺Aと俺B、どっちが本物か見分けつくか？」

『わかりません！』

パールABの返事もぴたりと一致。

そう、単純な声質だけではない。口癖や抑揚も完璧にコピーされている。

「どう、ワクワクしてきたでしょ！」

声を弾ませるミノタウロス。

「偽者は全部ドンちゃんだよ！　ドンちゃんはね、海面に映るものをコピーできちゃうの。まず自分を映して四体に分裂して、その四体でみんなの姿をコピーしたってわけ！」

「……なんと。つまり私の偽者がドンちゃん殿だと!?」

「実に巧妙だな。私そっくりの話し方で本物を欺《あざむ》きにかかるか……！」

睨《にら》みあうネルAとB。

ちなみにレーシェAとBは、特に喧嘩《けんか》することもなく互いに静観を選んだ様子だ。

「説明するよ！　このゲームは『海の迷路アトランティス』からの脱出ゲーム。みんなは、ドンちゃんが化けた偽者《にせもの》より先にゴールすれば勝ち！」

どちらが先に迷路を抜けられるか。

冥界神《アヌビス》の迷宮は「ダンジョン」だったが、今回はいわゆる「ラビリンス」。そして偽者とのタイムアタックというわけだ。

「あ、一つだけ勝利条件の特殊ルールがあるよ！」

ミノタウロスがぽんと手を打ち鳴らす。

「本物側が一番にゴールした上で、ゴール後に八人の中から偽者四人を言い当てること。これに失敗すると人間側の負けになるから気をつけて」

「……なるほど」

ネルAが奥歯を噛《か》みしめる。

「ゴールを最速で目指してはダメと。迷路を進みながら八人が出会い、何らかの手段で互いに偽者を見極めなくてはいけないわけか」

「なら次の問題は、どうやって真偽を見分けるかだ」

続いてフェイA。

「レーシェAとBの両方に聞くけど、この中から偽者がわかるか？」

「たぶん無理」

レーシェAが首を振る。

「まず肉体情報は完璧に複写されてるし」

「神呪《アライズ》もよ。神の変身だから人間の神呪《アライズ》くらい簡単にコピーできちゃうもん」

続いてレーシェB。

二人の会話を聞いて、フェイBがふっと苦笑い。

「単なる会話じゃ百時間かけても真偽はつかない。ってことは何かあるんだろ？」

「『真偽タッチ』！　これが偽物を特定する手がかりになるよ！」

ミノタウロスが近づいてきて――

レーシェAとBの肩にそれぞれポンとタッチした。

「各プレイヤーは、自分と自分の分身以外に対して『お前は真だ！』または『お前は偽だ！』のどちらかを宣言。「偽だ！」と当てられた偽者は消えてゲーム脱落。「本物だ！」と当てられた本物はそのまま残る。誰の目にも真偽は明らかだよね。ただし……」

ミノタウロスが目を糸のように細くして。

「宣言を外したら、外した側が消えて脱落だから気をつけてね」

具体的にはこういうことだ。


【真偽タッチ】

①パール（真）がフェイ（真）に「あなたは真です」↓（正解）両方残る。
②パール（真）がフェイ（真）に「あなたは偽です」↓（失敗）パールが消える。
③パール（真）がフェイ（偽）に「あなたは偽です」↓（正解）フェイが消える。
④パール（真）がフェイ（偽）に「あなたは真です」↓（失敗）パールが消える。

「へえ、いいじゃない！」

レーシェBが楽しげに頷《うなず》く仕草。

「ちゃんと本物側に有利ね。この真偽タッチ、偽者《にせもの》は本物を消すことはできないわ」

レーシェの意図は、こういうことだろう。

⑤パール（偽）がフェイ（真）に「あなたは真です」↓（正解）両方残る。
⑥パール（偽）がフェイ（真）に「あなたは偽です」↓（失敗）パールが消える。

⑤と⑥の例のように――
偽パール側は、どう足掻《あが》いても本物フェイを消すことができないのだ。
⑤はフェイの本物を確定させてしまう。
⑥は仕掛けた偽パールが消えてしまう＋フェイの本物まで確定させてしまう。

「ご名答ー」

ミノタウロスが嬉《うれ》しそうに拍手。

「この真偽タッチ、どんな組み合わせでも偽者側から仕掛けて有利になる事がないの。あ、ちなみに偽者四人は全員分の真偽がわかってるよ。なにせドンちゃんが変身してるからね。その神と人間の情報差を埋めるためのギミックだと思ってよ」

真偽タッチは、偽者側は使えば不利になるだけ。

これは人間側（本物）にとっての有利ギミック。

「じゃあルール総括！」

ミノタウロスが指を打ち鳴らす。

海水でできた迷路の壁に、無数の泡が集まって文字を形成していく。

VS『海神ポセイドンちゃん』
ゲーム『迷宮迷信ゲーム　―そしてみんないなくなった―』

【勝利条件】　本物四人の誰かが一番でゴールすること。

かつゴール到着時、八人全員の「真偽」に正答すること。

（例：本物はフェイA、レーシェB、ネルB、パールAなど言い当てる）

【敗北条件１】偽者《にせもの》が先にゴールすること。

【敗北条件２】本物側の代表者が、八人の真偽判定で間違えてしまった場合。

【その他１】迷路の分岐には「進む道」「戻る道」が記されている。

（これは絶対に正しいため、「進む道」を選び続ければ最短ルート）

【その他２】神（偽四人）は、誰が偽者かを知っている。

【その他３】プレイヤー八人はそれぞれ真偽タッチを使用できる。

★真偽タッチ——
①各プレイヤーは、自分と自分の分身以外に対して「真偽タッチ」を使用可能。
②触れた瞬間に、「お前は偽だ」「お前は真だ」の二択を宣言。
・「お前は偽者だ」——正解すればタッチされた偽者が消滅。
・「お前は本物だ」——正解すればタッチされた本物はそのまま残る。
③間違えた時：タッチした側が消えてしまうので注意。

全員が集まった広間の奥。

そこには人数に合わせた八個のスタート地点がある。

「みんなで別のスタート地点を選んでね。ちなみにゴールまでの距離がそれぞれ違うからよく選んだ方がいいよー。決めた？」

ミノタウロスの手にはカウベル。

本来なら放牧する牛の首につける鐘鈴だが、それを大きく振り上げて――

「スタート！」

ゴールまでの競争《レース》。

八人全員が、海の迷路アトランティスに飛びこんだ。

2

海の迷路アトランティス。

吸いこまれそうなほど深い瑠璃色の大海による「海の迷路」の入り口で。

「……引っかかるところが多すぎるんだよなぁ」

フェイは、海水でできた迷路の壁を指先で突いてみた。

ぽちゃんと跳ねる水しぶき。

海水を凝固させて作った壁だから、海面と同じく突けば指が水に沈んでいく。

「この壁、水に濡《ぬ》れるのを覚悟すれば壁の中を泳いでショートカットできるのか？　いや、ゴールの方角がわからないし徒労か」

胸にはＢと書かれたバッジ。

そう、本物のフェイはBである。

裏返しでフェイA＝偽者《にせもの》だが、それは他者からはわかるまい。

「実際俺もなんだよな。レーシェ・パール・ネルの偽者がそっくりすぎて判断できない。判断できないから真偽タッチを生かせだって？」

本当にそれは正しいのか？

確率50パーセント。成功すれば偽者を消すことができるが、失敗すれば本物《じぶん》が消えるというリスクはあまりに大きい。

……何も情報がないままの真偽タッチは完全な運ゲーだ。

……運ゲーに賭けるのは最後の手段にしたい。

では様子見か？

それを許さないのが、この遊戯が競争《レース》ということ。

本物四人が真偽タッチを躊躇《ためら》えば、偽者四人がその隙にゴールを狙うだろう。

加えてもう一つ。

ゲーム『迷宮迷信ゲーム　―そしてみんないなくなった―』。

これがかなり臭う。攻略のヒントになっている可能性もあるが、同時に言いようもない不穏さを予感させる遊戯名だ。

もたもたしてたら全滅するぞ。そういう暗示にも見える。

「……リスクを負って真偽タッチに踏みこまないと勝てないゲーム、か」

と。

入り口で思案するフェイの正面側から、足音が。

「ふふふ、悩んでおるの」

現れたのは胸にAのバッジをつけたフェイAだった。

本物フェイはBのバッジをつけた自分だから、このAは当然偽者である。まさか偽者がわざわざ挨拶にやってくるとは。

「……ポセイドンちゃん、だよな」

「その通り」

自分《フェイ》の顔をした神がニヤリと笑う。鏡で毎日見る顔だが、自分《フェイ》は決してこんな笑い方はしない。それが何とも奇妙だ……と思ったが。

「お主、四人チームで男一人とは。両手に花だのう！」

「……はい？」

自分の姿に化けた神の言葉に、フェイは一瞬言葉を失った。

言わない。

そんなセリフ、本物《じぶん》は絶対言わない。

「……まさか、そんなこと言うためにやってきたのか？」

「ふふん誤魔化《ごまか》そうとしても無駄じゃぞ。どの女かが本命なのであろう？」

「…………」

「はっ⁉　まさか本命は我が輩か⁉　一目惚《ひとめぼ》れしたな人間よ！」

「俺の姿で気持ち悪いこと言うな⁉」

全身をくねらせるフェイA（偽者《にせもの》）に、思わず突っ込んだ。

知らなかった。自分が絶対にしないはずの痴態を自分の姿で見せられた時、人はこんなにも恥ずかしくなるものなのか。

「むふふ、しかし我が輩にはミノちゃんがおるからのぅ。ミノちゃんの胸枕は最高じゃぞ。しかもああ見えて寂《さみ》しがり屋でな、我が輩がいないと——」

「ノロケ話かよ⁉」

「ぎゃはははははっ！　ではさらばじゃ！」

フェイAが迷路の奥へと走っていく。

それを見送って、フェイは頭痛のする額に手をあてたのだった。

「もしやアイツ、全員に同じ事やってるんじゃないだろうな……」

海の迷路アトランティス、スタートC地点。

真っ青に透きとおる壁をじーっと見つめて。

「閃《ひらめ》きましたぁ！」

パールは握りこぶしを作っていた。

「名案です。この壁は海水をゼリーのように固めたもの。ですが触るとポチャンと跳ねることからも、壁の強度はとても弱い。つまり力ずくで壁を壊してしまえばゴールへ一直線で行けるのです！」

「ほほう？　それでゴールの方角はわかるのかの」

「わかりません！……あれ？」

可愛《かわい》らしい声が正面の通路から。

パールが見つめるなか、三叉槍《トライデント》を手にした青髪の神が飛びだしてきた。

「っ⁉　あなたはドンちゃん⁉」

「否《いな》！」

「え？」

パールが問い返すより先に、神の姿が陽炎《かげろう》のように揺らめいた。

そして変身。

金髪碧眼《へきがん》、おっとり顔をした少女がパールの前に現れて――

「あたしパールですぅ。本物ですぅ」

「なっ⁉」

衝撃で思わず声が漏れてしまった。
・・・ウザい。この間延びした声。憐情《れんじょう》を誘うような上目遣い……どれも自分の特徴だと理解できるが、その特徴を何倍にもウザく誇張している。
さっきまであれほど本物そっくりに演じていたのに、二人きりの時だけは雑。
・・・・・・・おちょくられている。
「パールですですぅ。どうですかぁ？」

「……お、おのれぇ……」

怒りに肩が震えてくる。

そんな本物を見て、偽者《にせもの》パールがニヤリとこちらを指さした。

「あ、ここに偽者がいますぅ。胸だけでかくてアホっぽい偽者ですぅ」

ぶちっ。

本物パールの脳裏で何かが千切れた。

「誰が偽者ですかぁぁぁぁぁぁっっっ！　消えるです、真偽タッチ！」

「おっとぉ残念。真偽タッチは自分と自分の分身には使えないんですぅ！　そんなことも忘れましたか本物さん？」

「うざぁぁぁぁぁっっっっ⁉」

「はっはっは！　では迷宮内にて会おうぞ！」

顔を真っ赤にする本物パールから、パールの姿をした神は軽快なスキップで逃げていったのだった。

＝＝＝

海の迷路アトランティス、スタートF地点。

真っ青な壁と向かい合い、ネル（本物）はじっと腕組みしていた。

「迷路を抜ける競争《レース》……運動能力の高い私がゴールを目指すのが妥当だろうが、それでフェイ殿たちと会わずにゴールしてしまっては、結局ゴール後の真偽判定が運頼みになってしまうのが悩ましい……」

最低でも三人出会いたい。

たとえばフェイA、パールA、レーシェAの三人と出会って真偽がつけば、その裏返しでBの真偽もつくからだ。

「真偽の認定は真偽チェック以外にまだ浮かばない。あの運ゲーに頼って良いものか……あるいは他の判別方法が……む？」

ネルの鋭い聴覚が、近づいてくる足音を捉えた。

「誰だ！」

「むっ、お前は私の偽者《にせもの》か！」

曲がり角から現れたのは自分《ネル》の偽者だった。それがこちらの顔を見るなり「偽者か！」と指さししてきたのだ。

「偽者……いやドンちゃん殿か！」

「いかにも！　だが我が輩の変装は、真偽チェック以外には見破れぬぞ！」

自分《ネル》の姿をした神が自信満々に胸を張ってみせる。

「なにせ我が輩はお主のすべてを知っておる。ずばり貴様は、己の胸の薄さに不満を持っておるじゃろう！」

「……ぐうっ⁉」

指さされて、ネルは慌てて胸を隠すように前屈《まえかが》みになった。

「そ、そんなことは……」

「だが悔やむ必要はない。貴様の尻はなかなかのものじゃ。ほれこの通り」

偽ネルが、自分《ネル》に見せつけるかのようにお尻を大きく突きだした。

「この丸みと弾力！　貴様はこの肉付きの良い尻を活《い》かして――」

「私の姿でそんな真似《まね》をするなぁぁぁぁぁっっっ⁉」

「はーっはっは！　また迷宮内にて会おうぞ！」

顔を真っ赤にする本物ネルから、偽者のネルは高笑いを上げて逃げていったのだった。

海の迷路アトランティス、スタートH地点。

奥まで続いていく道を、レーシェはどんどん先へ進んでいた。

二叉《ふたまた》に分岐した道には必ず「進む道」「戻る道」という珊瑚《さんご》でできた標識が立っており、これがゴールまでの手がかりになる。


「ふーん？　偽者《にせもの》より早くゴールしたいなら『進む道』一択。でも最速でクリアしすぎて誰とも出会わないとゴール後の真偽判定で苦労する。それが嫌なら『戻る道』で後戻りし、自分以外のプレイヤーとも合流しなさいってことね」

まずは「進む道」。この迷路の全容を知るのが先だ。あとは全員が合流できそうな待ち合わせ場所が見つかるといいのだが……

そんなレーシェの前方から、軽やかな足音が。


「あら？　あなたは？」

「わたしの偽者ね？」

炎燈色《ヴァーミリオン》の髪の少女二人がばったりと出会《でくわ》した。

もちろん偽者からすれば意図的な遭遇だろう。本物側もそれはすぐに理解した。

「……お主は……ん？」

レーシェの姿をした神が、レーシェをまじまじと見つめて。

「……人間ではないの。もしや元神か？　なぜ人間に？」

「もっと遊びたかったからよ」

「神のままでも遊べるではないか」

「神よりもたくさん遊びたかったからよ」

二人の少女が手を伸ばす。まったく同時に。共鳴《シンクロ》するように。

その指先が互いの胸元に触れて――その瞬間、片方のレーシェが陽炎《かげろう》のごとく揺らめいて消滅した。

残ったのは本物のレーシェただ一人。

「これが真偽タッチ？　あ、でも自分の分身には使えないから海神《ポセイドン》が消えただけね」

ふむふむと腕組み。

「……なーんか引っかかるのよねぇ。この真偽タッチ。本物側に有利なルールになってるのは間違いないけど、使うべきタイミングが難しいわ」

だがそんな仕草も程々に、本物レーシェは早々に歩きだした。

神《ポセイドン》は既に動いている。

今のがその挨拶代わりだとしたら――

「仕掛けてくるとしたら、たぶん三人集まった時かしら」

Chapter

Intermission　なにせ我は人気者だから

古代都市エンジュ。

今、その発掘現場にヒトの気配はゼロだった。

普段ならば何百人という作業員で一杯のはず。灰の地層を取り除き、硬い土を掘り続ける果てしない作業が続けられているはずだが――

「まーったく。精神体《スピリチュアル》になるのが初めてだから成り方を教えてほしいって？　全能の神のくせして知らないのかい？」

たった一体。

ウロボロスだけが、大きな瓦礫《がれき》を椅子代わりにしてちょこんと座っていた。認識阻害の結界によって人間を追い払った後である。

「まあいいよ、なにせ我は人気者だからね」

片膝を立てて、その膝に手をおいて頬杖《ほおづえ》をつく。

古い友人に話しかけるような口ぶりと共に、ウロボロスはにやりと笑んだ。

「お前も、人間ちゃんが気に入ったのかい？」

Chapter

Player.6　VSドンちゃん　—そしてみんないなくなった②—

God's Game We Play

海の迷路アトランティス。

スタートG地点を背に、フェイ（本物）はゆっくりと目を開けた。

胸にはBのバッジ。

「よし行くか……まずは、どうやって俺が本物だって認めてもらおうか」

歩きだす。

広大な海を割って作られた神の迷路を。

「誰と最初に出会うか次第だな」

※ここからはフェイB（本物）視点でお楽しみください。

……ぴちゃ。

わずかな海水が残る海底は、歩くごとに水しぶきが小さく跳ねる。

冥界神《アヌビス》の迷宮が冒険型ダンジョンならば、今回は人を迷わすラビリンスだ。

まず道が違う。

迷宮ルシェイメアの通路はパーティーが横一列で歩けるほど広かったが、この迷路の通路はとにかく横幅が狭い。フェイ一人が歩くだけで一杯の細道である。

しかも曲がり角も多い。

「……迂闊《うかつ》に曲がると、あっという間に現在位置を忘れそうだな」

その場で屈《かが》んで小石を拾う。

海底だけあって足下には小石や貝がいくらでもある。フェイが拾い上げたのは、星形に似た特徴的な石だ。

それを曲がり角に置いておく。

道しるべ——自分の選んだ分岐《みち》が、後からここを通過したプレイヤーにわかるように。

「どこで他プレイヤーと出会うかな。本物なら嬉《うれ》しいけど、そもそも本物かどうかを判別することが難題で……ん？　この足音？」

ドドドッという唯《ただ》ならぬ気配の接近に、フェイは反射的に身構えた。

誰だ？　いや、何だ？

気配が大きすぎる。レーシェ、パール、ネルの三人の誰が走ってこようとこれほど大きな足音はしないはず。

「っ！　まさか迷路内のモンスターか!?」

薄々覚悟はしていた。神の迷路がただの迷路のはずがない。

行く手を阻む罠《わな》か、それともモンスターか。

「がおっー！」

「ミノタウロス!?」

「私は迷路をさまようモンスター役だぞー。捕まえた人間にイタズラしちゃうぞー」

人獣神が走ってくる。

かと思いきや、牛の突進めいた勢いで、ミノタウロスはフェイなど目もくれずに真横を走りすぎていってしまったではないか。

「……ん？　俺、無視？」

なぜだろう。

通り過ぎたミノタウロスを追うフェイの耳に、か弱い悲鳴が飛びこんできた。

「いやぁぁあっつっ!?」

「パール!?」

聞き覚えのある悲鳴。

それに続き、通り過ぎていったミノタウロスの歓声が。

「ようやく見つけたよ！　生き別れのお姉さん！　お姉さんだよね！」

「あたしは人間ですが!?……ってな、ななな何を————っ！」

騒がしい悲鳴と歓声。

フェイが恐る恐る角から頭を覗《のぞ》かせた先では、Aのバッジをつけたパールに後ろから抱きつき、その胸を鷲《わし》づかみにするミノタウロスが。

「こんな立派な胸！　人間にはありえないよ！」

「人間ですし!?……あっ、フェイBさん!?　Bさんは本物か偽物《にせもの》か……い、いえ今そんなことはどうでもいいです。助けてください、神の痴漢で乙女の危機が！」

「…………」

「ってなんで通り過ぎていくんです!?　あたしを助けるところでしょう!?」

「満足したぁ！」

ミノタウロスが「はーっ！」を額の汗を拭いとる。

思うぞんぶんパールを愛《め》でたことで満ち足りたのだろう。目を輝かせて。

「じゃあ私はゴールで待ってるね！」

牛の突進のごとき速度で、なんと海水でできた壁に大穴を開けながら一直線に迷路の奥

へと走っていってしまう。

「さすが牛……豪快だなぁ……」

「あたしの身を案じる方が先だと思いますが!?」

ぼろぼろのパールが起き上がる。

が、何かを思いついたのかハッと目をみひらいた。

「フェイBさんは偽者《にせもの》ですね！　本物のフェイさんが窮地のあたしを見て黙って去っていくわけがありません！」

「いや本物だけど」

「………本当ですかぁ？」

疑わしそうな目でこちらを見つめるパールA。

フェイ視点ではもちろん自分が本物なのだが、そのフェイ視点でも、パールAの真偽はつかない。つまり両者共が疑心暗鬼になる仕組みだ。

「パール、まずは話を聞いてくれ」

「何でしょう？」

「疑わしい気持ちはあるだろうけど、ここは二人で行動しよう。そして互いに『本物側にとって有利な作戦』を提案しあう。本物側に有利な作戦は、偽者からすれば提案するほど不利になる。だから必ず嘘を混ぜ、偽・者・が・有・利・に・な・る・よ・う・誘・導・し・て・く・る・」

「なるほど！」

「その嘘《うそ》を指摘できれば、本物か偽者かわかるだろ？」

「――――」

パールAが無言で凝視してくる。

「何かあったか？」

「……いえ。いかにも本物のフェイさんっぽいですが、これだけ説得力ある説明をあえてしておきながらフェイBさんが偽者という線も……」

その答えに、フェイは黙って頷《うなず》いた。

あり得る。これが神の遊戯なら、本物を錯覚させる仕掛けが必ずあるだろう。

「だけど今は答えが出ないだろ。まずは歩いていかないか？」

「それは異議なしです！」

「ああ。そうしたら歩きながら勝利条件でも確認しよう」

迷路を歩きだす。

その方角は、先ほどミノタウロスが一直線に走っていった方だ。

「ええと勝利の前提は……本物が偽者より先にゴールすることですよね？」

「そうだと思う。本物四人の誰かが一番でゴールすること。だけど急ぎすぎもダメなのが厄介だ。ゴールを目指しつつできるだけ多くと出会《でくわ》すのが理想だよな、ゴール後の真偽判定がある以上は」

問題は、その真偽の見極め方だ。

「……真偽判定って、真偽タッチしかないですよね。ミノちゃんも言ってましたが、本物側に有利なスキルですし。これを上手《うま》く使うのが鍵のはず……」

パールAがちらちらと横目で見てくる。

自分《フェイ》に真偽タッチを使って確かめるべきか、そんな眼差《まなざ》しだ。

「待ったパール、俺たちだけで真偽タッチは危うい。あと一人見つかるまで待とう」

「え？」

「証人がいないんだよ」

ウズウズしている少女を、フェイは手を伸ばして制止した。

「真偽タッチをしたとして、俺の真偽がどっちだったかを証言する第三者がいた方がいい。俺たちの片方が偽者《にせもの》なら正反対の結果を主張しかねない」

「……な、なるほど！」

「もう一つ。真偽タッチは二つの選択がある。これは俺の意見だけど、『お前は偽だ』より『お前は真だ』でタッチした方がいい気がする」

（パールAが真の場合）

①フェイB（真）に対して「お前は偽だ」＝失敗でパールが消える。
②フェイB（偽）に対して「お前は偽だ」＝正解でフェイが消える。
③フェイB（真）に対して「お前は真だ」＝正解で両方残る。
④フェイB（偽）に対して「お前は真だ」＝失敗でパールが消える。

「そもそも本物四人が消えたらゴールできなくなる。だから本物一人が消える①④より、③の本物両方が残る『お前は真だ』でタッチした方が良くないか？」

「……はぁ。なるほど」

パールAがうんうんと頷《うなず》いて。

「とても説得力があるし、まるで本物みたいな立場で考察されていて……」

「だから本物だって」

カツッ。

高らかな靴音が、二人の背後で鳴り響いた。

「待った！　わたしも混ぜてもらおうかしら！」

炎燈色《ヴァーミリオン》の髪をなびかせ、通路の角から飛びだしたのはレーシェだ。

その胸元にはBのバッジ。

「話は聞かせてもらったわ！」

「レーシェさん!?　い、いえ……あえてレーシェBさんと呼ばせてもらいます。そこで止まってください！」

パールが慌てて両手を突きだした。

これ以上は近づくなという仕草。偽者《にせもの》を警戒してのことだろう。

「フェイさん、このレーシェBさんは本物だと思いますか？」

「……本物にしか思えないけどな」

外見も声もレーシェそのもの。

フェイをして何一つ怪しい点を見いだせないが、これが偽者であっても不思議ではない。

それほどまでに海神《ポセイドン》の変身は完璧なのだ。

「わかってるわ、わたしの真偽がわからないって言いたいんでしょ」

レーシェBがその場で急停止。

「一つわかったことがあるの。二人……あえてフェイBとパールAと呼ばせてもらうけど、二人のうち最低一人は本物よ」

「……え？　ど、どうしてです!?」

パールが狐《きつね》につままれたようなキョトンとした顔だ。

「レーシェさん視点、あたしとフェイさんの両方が偽者の線がありますよね？」

「その可能性が低いからこうやって飛びだしてきたのよ。いい？　今わたしは通路の陰に隠れて聞き耳を立ててたの。二人の話をね」

通路の奥を指さすレーシェB。

「そしたら二人が真偽タッチのルール確認を始めたじゃない？　でも偽者同士ならこんな会話が起きるわけないのよ。偽者は神《ポセイドン》が化けてるんだから真偽タッチを熟知してるし、今の会話なんか省略するはずでしょ」

最低一人は、ルール確認をしようとしている本物なのだ。

自分《フェイ》とパールのどちらかが真だと推測できたから、レーシェBは姿を現した。

「本物がいるとわかったのが好機《チャンス》なのよ。なぜならわたしが真偽タッチを使った時、その結果を本物が正しく証言してくれるでしょ？」

「……あ、あのそれなら……」

パールがおずおずと手を挙げた。

自分《フェイ》とレーシェの二人を交互に見て。

「真偽タッチは、あたしがお二人のどちらかにタッチすべきだと思うんです。だめですかレーシェさん？」

「ううん、その理由は？」

「あたしの目線だと、本物フェイさんか本物レーシェさんを特定できたら心強いかなって。失敗しても自分《あたし》が消えるだけで……その……ゲームの戦力的な損失は少ないじゃないですか。リスクを負うならあたしかなって」

「…………」

その言葉に、フェイはレーシェBと無言で顔を見合わせた。

なるほど。パールなりに真偽タッチを見据えた提案なのだろう。本物の自分《フェイ》かレーシェを特定できれば、それだけで人間側は強力だから。

……ただ本当にパールなのか？

……戦力って言うなら、真偽タッチのリスクを負うべきは俺でもいい。

フェイの視点で――

実は、この遊戯でもっとも役に立ちにくいのが自分なのだ。

ネルとレーシェには足の速さがある。本物が特定できれば「偽者《にせもの》より先にゴールに着く」点で有利になるだろう。

パールは位相交換《シフトチェンジ》がある。

偽者がゴール寸前でも、その偽者と本物を入れ替える逆転が使えるだろう。

……パールもネルもレーシェもだ。

……このゲームで役立つ特性を持っている。だから俺というコインが一番安い。

だが、まだだ。

真偽タッチという賭博《ギャンブル》に今すぐ挑むべきなのか？

「気持ちだけはもらっておくよパール。でも俺の意見としては、真偽タッチはまだ保留してもいい気がする」

「ま、まだですか!?」

「たとえば迷路のどこかに、真偽タッチを使わずとも真偽を判定できるアイテムがあったりするかもしれないだろ」

迷宮本体にも必ず何かしらの仕掛けがある。

真偽タッチでリスクを負うのはその後でいい。なぜならば、おそらく真偽タッチというシステム自体に罠がある。

「わたしは今でも後でもいいわよ、真偽タッチそのものは」

レーシェBが迷路の左右を見渡した。

「でも迷路の攻略は急ぎたいわ。偽者（神）は迷路の全容を熟知してるのよね。このままじゃルール理解度の高い偽者に先を行かれるし」

「俺もそれは同感だ」

「もう一つ気になるのはゲーム名よ。『そしてみんないなくなった』……不穏を暗示するゲーム名、そういう負け方があるぞって警告じゃないかしら？　リスクを負わずに勝とうなんて、神はそうそう甘くないでしょ？」

「はい！　あたしも同意です！　特に後半部分！」

パールAが威勢良く手を挙げた。

「遅かれ早かれ真偽タッチの勝負は必要……ゲーム展開を早めるためにも一度試しておくのは悪くないです！　そしてフェイさん……いえフェイBさん！　真偽タッチを保留することでゲーム展開を遅らせようとする。あなたは偽者《にせもの》では!?」

「……え？　ちょ、ちょっと待て!?」

パールに言ったのではない。

好奇心に目を輝かせたレーシェに、後ろから掴《つか》まえられたのだ。

「やってみなさいパール！　ゲームなんだから何事も挑戦よ！」

「だから待てってば!?」

羽交い締めにされながら、必死で首を横に振る。

まずい――自分は本物なのだ。

そして今の流れから、パールは自分を偽者と疑っている。つまり「お前は偽だ」と宣言しようとしている。

「よく見ろパール!?　俺は本物だ！　偽者判定でタッチすれば消えるのはお前だぞ！」

「その慌てぶりがますます怪しいです！」

目をギラギラさせて近づいてくる金髪の少女。

「はぁ……はぁ……フェイさんにさわり放題……い、いえこれは真っ当な真偽タッチですからね。というわけでタッチ！　あなたは偽者です！」

パールAの突撃。

「うわぁぁぁっっっ、やめろっ！」

死に物狂いで身体《からだ》を動かす。

その拍子、フェイが身体を反らしたことでパールの手が空を切り――フェイを押さえつけていたレーシェの肩にタッチした。

「あ……」

「あ……」

「あ……」

呆然《ぼうぜん》となるパールA。

その目の前で、レーシェBがバフンと煙を上げて消滅した。

【真偽タッチ成功】

【レーシェBは「偽」につき、ゲームから除外】

「って、えええええぇぇぇぇっっっっ!?」

パールが驚き声を上げながら尻餅。

唖然《あぜん》と見上げるなか、消えたレーシェの場所に、三叉槍《トライデント》を持つ青髪の神が出現した。

「ふんっ、幸運じゃな人間！」

パールを見下ろし、ポセイドンが鼻を鳴らす。

「我が輩の分身はあと三体。せいぜい頑張るがいい！」

そして消滅。

場に残るのは自分《フェイ》、そしてパールAの二人だけ。

「……あのレーシェが偽者《にせもの》かよ。やっぱり会話じゃ判別できないな」

フェイにも最後までわからなかった。

パールが勢い余って突っ込んでこなければ判別は至難を極めただろう。

「ふっ。ふふふ、やはり偽者！　あたしの目に狂いはなかったのです！」

「いま俺を消そうとしてたよな!?」

「すべて計算どおりです！……ふぅ」

実にやりきった感の笑みで、パールが額の汗を拭い取る。

「そして同時に、フェイさんの信憑性《しんぴょうせい》が高まりました。フェイBさんは本物ですね！」

「俺を『偽者です』でタッチするのを止めたから、だろ？」

「はい！ もしフェイBさんが偽者なら、わざとあたしにタッチさせれば良かったんです。そうすればあたしが失敗して消えていた……それを止めてくれたことで、あたし視点ではフェイBさんがかなり信頼できます！」

その裏返しで――

フェイ目線でもパールAの信憑性がかなり高まった。

……真偽タッチはハイリスクハイリターンだ。失敗したら自分が消える。

……だがパールはそれを俺に引き受けさせず自ら引き受けた。

もしパールAが偽者なら「フェイさん任せます！」と言えば良かったのだ。レーシェBを本物だとタッチしていれば、消えていたのは自分《フェイ》だった。

つまりこうだ。

本物――フェイB（確定）、レーシェA（確定）、パールA（推測）、ネル？

偽者――フェイA（確定）、レーシェB（確定）、パールB（推測）、ネル？

プレイヤー八人のうち四人確定。二人が推測できた。

あとはネルAとネルBのどちらか真偽タッチすれば、八人全員の見分けがつく。

「順調すぎだな。怖いくらいに」

「ふふん？　あたしにはすべて見えていたのです！……って、えっ？」

偽レーシェが消えた位置。

空中が光輝き、そこからポンッと虹色の宝珠《オーブ》が飛びだした。その勢いのままパールの手元に飛んでいく。


【真偽タッチ報酬『入れ替わりの宝珠《オーブ》』】

【宝珠《オーブ》を破壊して任意の一人を指名。迷路内の二人の場所を入れ替える】


「なんか手に入れましたが!?」

「へえ、すごいな。パールの位相交換《シフトチェンジ》の制限無し版か。ゴールに一番近いプレイヤーと入れ替えればそれだけで有利で、それに……」

パールの手元の宝珠《オーブ》を横目に、しばし黙考。

「────」

「フェイさん？　どうかしましたか？」

「……いや。結果的に偽レーシェが言ってたのは正しかったんだな」

真偽タッチにはリスクに見合うリターンが用意されていた。リスクを覚悟してゲーム展開を早めるべきという偽レーシェの言うとおり。

「……偽者は嘘をつくとは限らない、か」

「え？」

「偽レーシェの発言は真っ当だった。本物らしく振る舞うために、本物側《おれたち》にとって有利な情報を偽者《にせもの》が教えてきてたんだ……厄介だな……」

神は、おそろしく巧みに真偽を織り交ぜる。

この遊戯の本質をようやく垣間見《かいまみ》た。

……プレイヤーの真偽を見極めるゲームじゃない。会話の真偽を見極めるゲーム。

……競走《レース》ですらない。これは神さまとの騙《だま》し合いってことだ。

パールAと迷路を歩きだす。

二手に分かれた道には標識「進む道」「戻る道」。どちらを選ぼうか。フェイとパールがどちらともなく指さしして――

素っ頓狂な声が、その「戻る道」側から響きわたった。

「あ、あなたは！」

「あたしの偽者っっっ!?」

パールが二人。

そう、フェイと一緒にいたパールAとは別に、パールBが走ってきたのだ。

「一手遅かったですね偽者……いえドンちゃん！」

パールAがもう一人の自分を指さし。

「あたしが偽《にせ》レーシェさんを消滅させたのです。本物のフェイBさんの目の前で！」

「はっ⁉　さては二人とも偽者ですね！」

パールBが身構えた。

「……二対一であたしを偽者扱いする多数決の罠《わな》！　言われてみれば、あたしの偽はもちろん、このフェイさんも本物より人相が悪い気がします！」

「なに言ってるんですか、このフェイさんは本物です！」

「偽者がそう言ってる時点で偽者確定じゃないですかあああっっ⁉　お、覚えてるです。あたしが本物のフェイさんを見つけて逆襲するんですから！」

捨て台詞《ぜりふ》を残して走っていく。

ちなみに逃走先は「戻る道」だ。

「あっ！　偽者が逃げました！　追いますかフェイさん⁉」

「……いや先を進もう。延々追いかけたらスタート地点まで後戻りになるし」

現状、パールBは偽と推定される。

偽者を迷路のスタート方向へ逆走させることで、また一つ本物側が有利に立ったと言えるだろう。

そして「進む道」を選んだ先には——

「あれ？　これ何ですかフェイさん？」

「これも迷路のギミックか。この貝殻、ちょうど人数分だ」

半透明なガラスの貝殻。

巨大な珊瑚《さんご》に乗っかる七つの貝殻に、プレイヤー七人の遠景が映っているのだ。

ゲーム映像がスクリーンに映るように、それぞれの貝殻が各プレイヤーの状況を投影しているのだろう。

気になるのは貝殻の順番だ。
①　ネル　A（？）
②　フェイA（偽）
③　パールA（真？）、フェイB（自分）
④　レーシェA（真）、ネルB（？）
⑤　パールB（先ほど逃げて行った。偽？）
真偽タッチで消えたレーシェB（偽）の貝殻はない。

「この七つの貝殻の並び……俺とパールの貝殻が綺麗《きれい》に並んでるってことは、ひょっとして迷路の進行度か？」

これを信じるなら、自分たちの現在順位はちょうど真ん中。

ゴールに一番近いのはネルAになる。

「見てくださいフェイさん！　本物のレーシェさんがあたしたちの後ろだから、ここから逆走すれば合流できますよ。そうしたら心強いです！」

「ああ。だけど……」

七つの貝殻を横目に、フェイは足下にしゃがみ込んだ。転がっている無数の石から先端の尖《とが》ったものを拾い上げ、海底の砂に図を描いていく。

「貝殻の並びは順序しか示してない。どれだけ距離感が空いてるかわからないのが罠《わな》だ。たとえばこうだとしたら……」

①　ネル　Ａ（？）：ゴール目前
②　フェイＡ（偽）：ゴールはまだまだ先
③　パールＡ（真？）、フェイＢ（自分）：ゴールはまだまだ先
④　レーシェＡ（真）、ネルＢ（？）：ゴールはまだまだ先
⑤　パールＢ（偽？）：スタート地点

「ネルＡが偽者《にせもの》だとしたらまずい。なにせ二番手のフェイＡが俺目線で偽者確定。ゴールまでの一番手と二番手がどちらも偽者だとしたら――」

「先にゴールされちゃうじゃないですか!?」

人獣神《ミノタウロス》が仄《ほの》めかしていた。

初期スタート地点によってゴールまでの距離が違う。最初からゴールに一番近かったの

がネルAだったのだろう。

「あたしが思うに……ネルさんの性格上、偽者に先を越されたくない一心で、ゴールまで最速で走ってる可能性があります！」

「ネルAが偽者でも同じ事が言える。分身は俺たちの性格を完璧にコピーしてる。ネルの性格をコピーした偽者が、最速でゴールに向かってる可能性は――」

「超あります！　すぐに対策を取らないと！」

パールAが両手を差しだした。

その掌《てのひら》に、虹色に輝く『入れ替わりの宝珠《オーブ》』を乗せて。

「フェイさん！　この宝珠《オーブ》でネルAさんと入れ替わればいいんです。フェイさんが先頭に行ってください！」

「俺が……？」

入れ替わりの宝珠《オーブ》を使うべき場面なのは間違いない。

だが宝珠《オーブ》を手に入れたのはパールだ。真偽タッチのリスクと引き換えに得た稀少《きしよう》アイテムだから、パールが先頭のネルAと入れ替わるのが筋だろう。

何よりも――

パールA視点で、自分（フェイB）はまだ本物と確定したわけではない。

「……信用してくれるのはありがたいけど、本当に俺でいいのか？　パール視点、俺はまだ神が化けた偽者《にせもの》かもしれないだろ」

「あたしはフェイBさんが本物だと信じます。どのみちネルAさんが偽者ならこのままゴールされて負けなんですから！」

なお、この場でパールから自分《フェイ》への真偽タッチはできない。

真偽タッチには、真偽タッチの結果を証言する第三者が不可欠だからだ。

……俺視点なら、宝珠《オーブ》を俺に渡してきた時点でパールはほぼ本物なんだ。

……このパールAが偽者なら、自らネルAと入れ替わってゴールに向かうはず。

では自分は？

Bのバッジの自分《フェイ》が本物だと信じてもらうために、どんな手段がある？

「パール、俺にタッチだ」

「え？」

「真偽タッチじゃない。対象に触れておくのが位相交換《シフトチェンジ》の条件だろ？」

「あっ……なるほどです！」

勢いよく二人でタッチ。

これから三分以内、パールは自分《フェイ》と入れ替わることができる。

「俺が先頭に行く。だけど俺が偽者だと思ったら、いつでもシフトチェンジで俺とパールを入れ替えていい。それでパールが先頭だ」

①宝珠《オーブ》発動後——先頭フェイB（自分）、二番フェイA、三番パールA&ネルA（?）。
②位相交換《シフトチェンジ》後——先頭パールA（真?）、二番フェイA、三番フェイB&ネルA（?）。

これでパールは先頭に立つことができる。

「あの……フェイさん！」

パールが、七つの貝殻をじっと見下ろして。

「フェイさんが入れ替わりの宝珠《オーブ》発動を使った時、あたしの前にネルAさんが来ますよね。真偽タッチをネルさんに使っても良いでしょうか、『あなたが偽者です』って！」

「……っていうと」

「と、というのもですよ！　ネルAさんが偽者なら、あたしの真偽タッチを拒んで逃げると思うんです。さっきのあたしの偽者（パールB）みたいに！」

「……逆に逃げなかった時は？」

「逃げないなら本物の可能性が高いので『あなたは本物です』に切り替えます！……もちろん、そう思わせて偽者の可能性はありますが」

パールの真偽タッチの成否——

確かに、どちらの宣言でタッチするかを予《あらかじ》め決めておけば、その場にいないフェイでも後から結果の確認ができる。

パールは「お前は本物だ」と宣言してタッチする。

その結果、パールとネルが両方残っていればネルは本物。

パールが消えていたらネルAは偽とわかる。

「……あたしが消えちゃったらネルさんは偽者《にせもの》ですし、あたしとネルさんの両方が残れば両方本物と思ってほしいんです！」

気丈にそう言いながら。

パールの声には隠しきれない震えが滲《にじ》んでいた。一度目のレーシェは成功した。だが、真偽タッチの幸運が二度続く保証などどこにもない。

失敗すれば自分が消えてしまうのだ。

「……正直言うけど、俺は、その案は素直には賛成できない」

パールの気持ちはわかる。この真偽タッチに成功するとネルAの真偽がわかった上に、裏返しでネルBの真偽も判明する。

実質勝利に等しいのだ。

それだけの極大リターンがあるのなら、本物消失のリスクも確かに釣り合う。

「ただパールの発想も間違ってはいない……だから俺は賛成できないけど、ネルAの反応で本物だと確信できた時だけ実行してくれ」

「はい！」

「早まるなよ！」

手にした宝珠《オーブ》を地面に叩《たた》きつける。

キンッと音を立てて砕け、虹色の破片がきらきらと輝きながら瞬《またた》いて――


フェイは、一人で迷路の十字路に立っていた。


「ここは……ネルAが立ってた場所か？」

現在地がネルAと入れ替わった。

……ゴールに最も近いのが俺になった。このまま走ればゴールには一番乗り。

……でもダメだ。まだ八人全員の真偽が確定できてない。

つまり「後戻り」だ。

二番手にいるはずのフェイAは偽確定。そして三番手にネルAがいて、そこにパールが残っているはず。

「……それにパールの真偽タッチはどうなった⁉」

意を決して引き返す。

分岐の「戻る道」を片っ端から選び、広大な海の迷路を息を切らせて走り続ける。

が――

「くそっ！　誰とも出会わないだって⁉」

違和感がこみ上げる。全力で走って後戻りしているのに誰ともすれ違わない。まさか残る全員がこの迷路を後戻りしている？

緊張感に背を押されて十字路を左に曲がろうとして――

「っ！　あの貝殻⁉」

巨大な珊瑚《さんご》に並べられたガラスの貝殻。

先ほどパールと見つけた位置情報の貝殻だが、その貝殻が六つしかない。

「……まさか……っ⁉」

祈るような気持ちで珊瑚へと歩いていく。

透明な貝殻に投影されたプレイヤーの姿を見つめ、フェイは、無言で唇を噛《か》みしめた。

「――――」

パールAの貝殻がない。

真偽タッチに失敗したと考えるほかない。が――パールが残した結果からネルAが偽者《にせもの》であることが判明。

つまり自分視点《フェイ》、全員の真偽がほぼ見透かせた。

【推定される真偽（ゴールに近い順）】
①　フェイB（自分）
②　フェイA（偽）
③　ネルA（偽）
④　レーシェA（真）&ネルB（真）、
⑤　パールB（偽）
【脱落済み】レーシェB（偽）、パールA（真）

八人すべての真偽が見透かせた今、自分はゴール目指して走るべきか？

否《いな》。

入れ替わりの宝珠《オーブ》がまだ残っている可能性がある。

……俺の一番手の順位なんて薄氷の上に成り立っている。

……ゴール目前で宝珠《オーブ》を使われたらお終《しま》いだ。

おそらくは――

この海の迷路アトランティスは「先に進む」という選択自体が罠。ゴールに向かうのは、入れ替わりの宝珠《オーブ》を最低あと一つ集めてから。

……警戒しなくちゃいけないのが②フェイAと③ネルAの逆走だ。

……その偽二人が逆走すると、すぐ後ろに④レーシェ&ネルの本物二人がいる。

偽のフェイAが本物二人と合流することで、フェイB（自分）が偽者《にせもの》と思われることが一番まずい。

「だとしたら俺も本物二人との合流か……」

くるりと反転し、フェイは現在地から逆走を開始した。

分岐に用意された「進む道」「戻る道」。今ならわかる。この「進む道」は神が用意したプレイヤーへの罠《わな》なのだと。

どんなに焦《あせ》って進んでも、入れ替わりの宝珠《オーブ》で逆転される。

——それゆえの逆走。

このまま「戻る道」をあえて選び、本物メンバーとの合流を目指す。

「…………………」

だが、わからない。

何だこの違和感は。胸の奥がザワついている。

感情も脳も高揚しているのに肌の奥底だけがゾッと凍えるような。

喩《たと》えるなら——ポーカーで相手に手札を覗《のぞ》かれているのに、自分は見透かされている事実に気づかず勝ったつもりになっている。

そんな嫌な浮遊感。

が、そのわずかな引っかかりに充《あ》てる時間は与えられなかった。

「……この声は……」

複数人の声と足音。

海水でできた壁の向こうから、潮騒《しおさい》の音に混じって聞こえてきたのだ。声を頼りに十字路を曲がる。その先で——


「レーシェ殿信じてくれ！　Aの私こそが本物だ！」

「欺《だま》されるなレーシェ殿！　Bの私がネルだ。よく見てくれ！」

「……うーん。どうしようかしら」

ネルAとBに挟まれて、困り果てたレーシェA。

その三人へ、フェイは息を切らして割りこんだ。

「……ここにいるのは三人だけか？」

「フェイ！」

『フェイ殿！　いいところに！』

レーシェに続き、ネル二人の声がピタリと重なる。やはり片方が神のコピーだけあって、こうした口ぶりまで完璧な模倣だ。

「いきなりで悪いけど、俺は、俺自身が本物であることを証明できない」

フェイは自分のBバッジを親指で指さした。

「けど他人の証言はできる。このレーシェAは本物だ」

「おーっ？」

Aバッジをつけたレーシェが、パッと笑顔に。

「嬉《うれ》しい加勢ね。ネル二人がいて、かといってわたし自身の証明もできなくて困ってたし。

……ちなみにどうして？　レーシェBじゃなくAのわたしこそが本物だって」

「もういない」

「え？」

「真偽タッチで消えたんだよ。俺とパールAの二人でレーシェBを見かけた。そこでパールAが『偽者《にせもの》だ』でタッチして消えたから偽者確定。残ったA……つまり目の前のレーシェが本物で間違いない」

「あら？　もうわたしの偽者がいないのね。ちょっと残念」

レーシェA——いやレーシェ《レーシェ》が残念そうに肩をすくめる。偽者がいなくなって嬉しがるどころか残念がるのが、いかにも本物らしい反応だ。

「フェイの話、信用できる気がするわ。さっき私たちの姿が映った不思議な貝殻を見つけたんだけど、七枚しかなかったのよ。要するに真偽タッチでわたしの偽者が消えていたってわけね」

うんうんと頷《うなず》くレーシェ。

「フェイの話はそれと辻褄《つじつま》が合う。遡れば、わたしの偽者を消したパールAも本物の可能性が高いけど、ねえパールAは一緒に行動してないの？」

「……ああ。パールAは消えたんだ」

レーシェに短くそう答え、フェイは二人のネルに振り向いた。

Aのバッジをつけたネルに――

「なあネル。少し前、パールAに真偽タッチを使われたはずだ。覚えはあるか？」

「っ！」

ネルAが、怯《おび》えたようにたじろいだ。

何かを迷ったような沈黙を挟んで。

「……その通りだフェイ殿。私はパールと出会った。胸にAのバッジをつけていた」

「何だと⁉」

「あら、さっき言わなかったわよね？」

ネルBとレーシェが「おや？」という雰囲気でネルAを凝視。

ネルAとBはどちらが本物かを争い、その判定をレーシェが頼まれていたはず。

だがネルAは、パールと出会っていたことを隠していた。

「ま、待ってくれ！　隠していたことは事実だが……突然にパールが私の前に現れたんだ。早口で何か喋《しゃべ》ってタッチしてきたと思ったら、気づけばパールが消えてしまったから……それを言っても逆に怪しまれるだけだろう！」

「……なるほどね」

ネルAの発言は、フェイの認識とも一致する。

だがネルが明言を避けた「早口で何かを喋って～」の部分も、自分《フェイ》はパールAと事前に打ち合わせを行っていた。


〝『あなたは本物です』に切り替えます！〟


パールAは「本物です」と真偽タッチをし、それが不正解で消えたのだ。

ネルAはそれをはぐらかした。

当然、これを素直に喋れば偽者《にせもの》とわかってしまうから。

「……俺の情報は、まずレーシェAは本物だ。あとは推定だけどネルBも本物、ネルAが偽者の可能性が高いと思う」

「ま、待ってくれ！」

ネルAが堪《たま》らず割りこんだ。

「そもそもフェイB殿が本物だという証拠がない！　偽のフェイ殿が、本物の私をあえて決めつけにかかっているのではないか!?」

ネルの反論は間違っていない。

自分（フェイB）の真偽がネル視点ではわからない上に、厄介なのは本物が真実を語れるとは限らないし、偽者が嘘を言うわけではないということだ。

……真偽タッチで確認できるのは本物か偽者かだけ。

……だけど偽者＝《イコール》嘘《うそ》つきじゃあない。偽者《カミ》は巧妙に真実を織り交ぜてくる。

会話の真偽が、「本物／偽者」とは別に存在する。

これがゲームを難解にしている。

「そうねぇ。わたしとしてはフェイBの話が信憑性《しんぴょうせい》高そうなのよね。わたしが本物だって言ってくれたこともそうだけど」

腕組みするレーシェが宙を見上げる。

「フェイの話を信じてみようかしら。ってわけで、はいタッチ」

「……レーシェ殿？」

レーシェが触れたのはネルBの左肩。

触れられたネルが振り向くのにあわせて、にこりと微笑《ほほえ》んで——

「ネルAが偽者だとしたら、Bのあなたが本物ね？」

真偽タッチの判定は速やかに下された。

【真偽タッチ失敗】

【ネルBは「偽」につき、失敗したレーシェAが迷路から追放】

「────っ⁉」

そんな馬鹿な。

心中そう叫ぶが、あまりの衝撃ゆえに、フェイの喉から漏れたのは声にならない引《ひ》き攣《つ》った呼吸だけだった。

「あら?」

おやおやという表情のレーシェ。

その姿が光に包まれ、そして凄《すさ》まじい速度で宙へと飛んでいく。人間世界に戻されたのではなく、おそらくはゴールの方角だろう。

「……そんな」

レーシェを誤って退場させた?

その事実に、フェイは我が目を疑っていた。自分の失態。それもここまで大きな失態は、今までの戦歴でも数えるほどしか記憶にない。

信じ・が・た・い。

いったいどういうことだ。

「……ネルBが偽者《にせもの》だって？」

海の迷路アトランティスに起きた異変。

先ほどから感じていた違和感を、フェイはようやく確信した。

何かが・お・か・し・い。

ネルBはほぼ確実に本物だった。パールAが退場していることが何よりの証拠。

だが真偽タッチは、ネルBが偽者と告げている。

……俺がパールAのメッセージを誤読した？

……それ以外にどんな可能性がある!?

「レーシェ殿!?」

叫んだのはネルA。

真偽タッチで「本物」と判明した方のネルが、強《こわ》ばった眼差《まなざ》しでこちらを向いた。

「やはりそうか。私を偽者と決めつけてレーシェ殿を惑わせ、真偽タッチで失敗させる罠《わな》。つまり偽者だな！　真偽タッチを――」

「っ！　待てネル！」

手を伸ばしかけるネル。その手から、フェイは背後の壁すれすれまで跳び退《の》いた。

自分を「偽者《にせもの》」とタッチすれば、ネルの方が消えてしまう。

……どうする。何かがおかしくなってる。

……さらに言えば、「おかしい」ことを俺以外の誰も認識できてない！

そこへ。

二人分の足音が近づいてきた。

「ネルさん！」

「何とか間に合ったな！」

立て続けに響く声と声。それが誰であるかを察し、フェイは内心舌を巻いた。なるほど。このタイミングでさらに場をかき乱す気か。

「お待たせしました！」

息を切らせて走ってくるパールB。

その隣には、自分《フェイ》視点では偽者確定であるフェイAの姿まで。

「ネルさん二人のどちらが本物かわかりませんが、このフェイBさんは偽者で、あたしと一緒に来たフェイAさんこそが本物です！」

「……やはりか！」

本物であるネルAが拳を握った。

「任せろパール。ならばレーシェ殿の仇《かたき》で、この私が偽フェイ殿に真偽タッチを――」

「待ってくれ！　頼む、俺が疑わしいのは確かだけど……！」

勝利に燃えるネルとパールへ、フェイは死に物狂いで叫んだ。

……ネルAとパールBから疑われるのは当然だ。

……俺はその両方を疑ってかかったし、本物のレーシェを誤って誘導してしまった。

そのタイミングで偽フェイAが現れた。

二人が偽者を信じるのは当然の流れだろう。

……ネルもパールも互いの真偽がついてない。

……さらに本当の俺がフェイAだとなかば信じきっている。

このままでは真偽タッチの同士討ち。

本物同士が潰《つぶ》し合い――


ゲーム名「そして（本物が）みんないなくなった」が実現する。


これが神の策謀《トリック》。

自分たちは完璧に嵌《は》まっている。

……思いだせ。違和感を覚えた瞬間を。

……いや瞬間じゃない！　源流を辿《たど》れ、俺の推測が狂・い・始・め・た・起点が問題なんだ。

①ネルAは本物。
②それは自分の予想と逆だった。（自分視点《フェイ》では、ネルBこそが本物に思えた）。
③なぜネルBを本物と思ったか？
④消えたパールAのメッセージからそう判断した。それを自分が誤解した？
⑤そもそも真偽タッチは「絶対に」正しいのか？
⑥真偽タッチの結果を誤魔化《ごまか》すトリックが存在するとすれば？

「――――」


絞りきれない。

賭け神戦《ブックメーカー》と似た状況だ。神の策謀《トリック》を推定しようにも、相手が神ならばどんな可能性も捨てきれない。捨ててはいけないのだ。

「……ならば順に話を聞きたい」

厳かな口ぶりで、ネルA。

「プレイヤー五人が全員集まっている以上、偽者《にせもの》が先にゴールする恐れはない。その上で、たとえばフェイA殿が考える最善手は何だと思う？」

「俺視点なら……」

偽フェイが、自らの胸元のバッジを指さした。

「俺に真偽タッチをしてもらいたい。ここには二人の俺がいる。パールにしろネルにしろ、どっちの俺が正しいのかハッキリした方がいいだろ？」

「あたしもそれに賛成です！　本物のフェイさんがわかったら心強いし！」

「うむ、間違いない！」

パールの返事に確信を得たのか、ネルAが意を決して振り向いた。

偽であるフェイAへ。

「私がフェイA殿にタッチする！　本物でいいな！」

「当然だ」

その瞬間——

その一部始終を目の前で見せられたからこそ——

自分《フェイ》は、神の策謀《トリツク》を理解した。

「それだ！　ネル待て！」

「え？」

その左手首を掴《つか》み、フェイは無理やり制止させた。

「これが神《ポセイドン》の狙いだ。ここで本物のお前を消すのが狙いなんだ」

「……どういう意味だ」

ネルAが眉をひそめるのも当然だ。

ネル視点では自分（フェイB）は偽者《にせもの》。その偽者にいきなり手を掴《つか》まれたなら警戒するのも無理はない。が……

「フェイAの真偽タッチに失敗すると本物のネル《おまえ》が消える。何が起きると思う？」

「……説明を頼みたい」

「この状況で一番まずいのが、ネルの本物が消えてネルの偽者が残ることだ」

「？」

ネルAはまだ腑《ふ》に落ちない表情だ。

いま「本物のネル」がどれだけ大事か、本人ゆえに気づきにくいのだろう。

「この場で一番足が速いネルの偽者が残ったら俺たちは負ける。ゴールに走りだすネルに追いつけないからだ」

「――――っっっ！」

「簡単なパターン分けなんだ。ネル《おまえ》視点でフェイAへの真偽タッチはどうなる？」

ネル（真）視点の真偽タッチは四通り。

①フェイA（真）に「お前は本物だ」：ネルとフェイが両方残る

②フェイA（真）に「お前は偽者だ」：本物のネルが消えて偽者だけが残る。

③フェイA（偽）に「お前は本物だ」：本物のネルが消えて偽者だけが残る。

④フェイＡ（偽）に「お前は偽者だ」‥ネルとフェイが両方残る。
本物のネルを消すための真偽タッチ誘導。

それが神の狙いなのだ。

「同じ理屈がレーシエにもあてはまる。本物のレーシェが残っていれば強引にゴールまで走りきられる。だから神《ポセイドン》は、レーシェを真っ先に消すためのトリックを組んだ。俺を誘導してレーシェが消えることで、疑いが俺に向くようにだ」


神の策謀《トリック》は、真のレーシェと真のネルを退場させること。

こうなれば詰み《チエツクメイト》。

偽者ネルがゴールに走るのを、フェイ（真）もパール（真）も止められない。

「…………………一理ある」

本物であるネルＡが、おずおずと手を引いた。

真偽タッチしようとしたフェイＡからだ。

「フェイＢ殿……正直まだ私はＡ殿こそが本物だと思っている。そのの認識が誤りだというのなら今度こそ自らの潔白を示してほしい」

「ああ、今度は間違えない」

ネルを掴《つか》んだ手を離す。

その手でネルB、フェイAを指さした。

「偽者はこの二人。残りの偽者二人は真偽タッチでもう消えている」


ざわっ、と。

海の迷路アトランティスに動揺が走った。

その中で、もっとも激しく反応したのが偽であるネルBだ。

「わ、私は本物だ！　パールも信じてくれ……！」

ネルBが偽者《にせもの》とわかった瞬間、パールはここにいなかった。

パール視点ではネルABどちらが本物か判断できない。ならば話術次第で誤魔化《ごまか》すことができると踏んだのだろう。

「それにフェイB殿！　私が偽者と言うが……フェイ殿が本物だとどうやって証明する。真偽タッチだと言うのならフェイA殿の主張と変わらないではないか！」

「もちろん真偽タッチ以外でさ」

「っ!?」

誰もが息を呑《の》む。

この場に紛《まぎ》れこんだ偽者《カミ》も含めた四人全員が、だ。

「俺が本物と思うのはパールBとネルAだ。その二人に聞くけど、そもそもこのゲームの勝率って何パーセントだと思う」

「へ？……え、ええと……八人の真偽すべて当てるから確率50％の4乗ですか？」

「い、いや！　自分と自分の分身の真偽はわかっている。回答者目線は確率50％の3乗！」

「答えは確率50％」

二つに一つで勝てるのだ。

本物のパールとネルに向けて、フェイは指を二本立ててみせた。

「実はこのゲーム、八人全員が集まって順に真偽タッチしていくだけでいい。最後に本物と真偽不明の二人が残る。あとは完全な運任せでも二回に一度は人間が勝つ。いわば究極の運ゲーにできるんだよ」

ただし――

神が、そんな退屈な勝負を許すだろうか？

「もっと刺激あるゲームにしたい。そう考えるよな」

偽フェイ、偽ネル。

その二人へ振り返り――

「だからポセイドン……いやポセイドンちゃんか。アンタは見事に運ゲーを心理戦にすり替えた。そのトリックも意外だったよ」

自分自身を親指でさしてみせる。

「神の策謀《トリック》は、本物一人に勘違いを起こさせること。この中で唯一『勘違い』を起こしたのはフェイBの俺。だから俺が本物だ」

自分《フェイ》だけがネルＡＢを「錯覚」していた。

だからこそ逆説的に本物であると言えるのだ。

「神は本物を欺《だま》して同士討ちさせる必要があった。裏を返せば欺されている人間は確実に本物。この中で『明確に欺された』のは俺だけ。それが本物の証明だ」

「……形に囚《とら》われない証明の仕方がいかにも本物らしいが」

本物のネルがおずおずと口にした。

「最大の難関がまだ残っている。本物が一番でゴールしなければならない勝利条件だ」

この五人の場で――

全員の目から「絶対に本物だ」と言える者がいないのだ。

ネルＡＢは、パール視点では判断不可能。

フェイＡＢは、ネル・パール視点で判断不可能。

パールＢは、ネル視点で判断不可能。

本物がわからない。

この五人、いったい誰が先頭でゴールするのが正しい？

これが最後の難題。

解決するには、やはり真偽タッチしかないように思えるが――

「ネルもパールもさ」

二人の前で、フェイはゴールの方角を指さした。

「マラソン大会で絶対に一番を取る裏技って知ってるか？」

2

海の迷路アトランティス。

ゴールに立つのは人獣神ミノタウロス。その後ろには真偽タッチ失敗で脱落したレーシェAB、それにパールAの姿もある。

本来ならば「神々の遊び」の脱落＝人間世界への帰還だが、この遊戯は例外だ。

ゴール後に真偽判定が控えている。

八人全員が揃《そろ》っての、最後の難関が待ち構えているのだ。

「あ、来た来た！　おーい！」

ミノタウロスが競走《レース》用の白旗を大きく振り回す。

さあ一番手は誰だ？　レーシェAB、パールAも固唾を呑《の》んで見つめ——その場の全員がハッと何かに気づいて目をみひらいた。

足音が五人分。

最後の曲がり角から、五人が同時に現れたのだ。それも歩いて横一列で。

「おー。なるほど！」

白旗を振る手を止めて、ミノタウロスが楽しげに笑んだ。

「五人が手を繋いで同時ゴール。真偽がつかないなら全員一番にゴールしてしまえと！」

そう。

フェイが提案した「必ず一番を取る方法」は、一列並びで手をつなぐ作戦だ。

並びはこう。

ネルA（?）―ネルB（?）―パールB（?）―フェイB（真）―フェイA（偽）

まずネル同士、フェイ同士は真偽チェック不可。

加えて重要なのは「偽者《にせもの》からは本物を消すことができない」点だ。本物が「何もしない」を選択し続けるかぎり、偽者は真偽タッチで場を乱すことができない。

「考えたね！　手を繋《つな》ぐことで同時ゴールができるうえに、この一斉ゴールする寸前まで、本物が偽者を見張ることもできる！」

五人が一斉にゴールテープへ。

その瞬間、パッと紙吹雪が舞い上がった。

「おめでとー！　勝利条件その1は満たしてると認めるよ！」

ミノタウロスが惜しみない拍手。

「さあ真偽判定だね！　勝利条件の性質上、回答権は人間にしか与えられない。答えられるのは一人きり。誰が答えるの？」


「俺だ」


ゴール地点に立つ八人を代表し――

フェイは神に向けて宣誓した。胸にあるBのバッジを指さして。

「真偽を答えられるのは人間のみ。今この時点で、フェイBである俺が本物だって証明された。そうだろ？」

と同時に、小さな爆発音。

ボンッと音を立ててフェイAの姿が揺らぎ、三叉槍《トライデント》を手にした小柄な少女である神が、勢いよく現れた。

「……ふんっ！　まあ良しとしよう！　では真偽判定を始めてみせよ！」

「ってわけで任してもらっていいよな?」

二人のレーシェ、二人のパール、二人のネル。

その全員をぐるりと見回した。

「「やっちゃっていいわよ」」

「「も、もちろんです!……まさかBが本物のフェイさんだったなんて……」」

「「う、うむ……私も最後までフェイ殿は見分けがつかなかったが……本物とわかったからには異を唱えるつもりは毛頭無い!」」

本物と偽者《にせもの》のセリフがぴたりと重なる。

ゴール後さえも完璧な模倣であり、外見や言葉からでは見分けがつかない。

ゆえに真偽は――

迷路《アトランティス》で起きた事象から見いだすしかない。

「まず一人目、これは俺自身だからフェイBが本物だ。そして対になるAが偽者になる。

ここまではみんな良いよな?」

誰からも異論は上がらない。

海神《ポセイドン》さえ既にフェイAの変身を解いている。

「同じくレーシェも即答できる。なぜなら俺視点、パールAの真偽タッチでレーシェBが消えたのを確認できている。本物はレーシェAだ」

B

「……まずまず順当じゃな！」

レーシェBの姿が消えて、そこから二体目のポセイドンが飛びだした。

自分《フェイ》は当然知っていたが、レーシェの真偽がついていなかったネルは驚いて後ずさり。

「ここから！」

神が、三叉槍《トライデント》の切っ先をこちらに向けた。

「この四人は当てて当然。お主には真偽タッチで見分けがついていたからな。ここからは毛色が違うぞ！」

神の言葉は挑発ではなく事実。

真の知恵比べはここからだ。残るはパール二人とネル二人。真偽タッチができていない二人&真偽タッチに疑問が・・・残った二人である。

「次はネルだ」

黒髪の少女二人に目配せ。

まったく同じ姿のネルABが、その一言にぐっと息を呑《の》むのを横目に。

「実のところ二人の真偽自体は問題じゃない。本物のレーシェが真偽タッチで判定してくれているからだ」

〝ネルAが偽者《にせもの》だとしたら、Bのあなたが本物ね？〟

〝真偽タッチ失敗。ネルBは「偽」につき――〟


真偽タッチは自動判定。

あの判定を信じるならば答えは出ている。

「本物はネルAで偽者はネルBだ。これは動かない。ただし……

その続きを、フェイはあえて口にしなかった。

――ただし……ネルの真偽は自分《フェイ》の予想と逆だった。

レーシェを誤って誘導してしまった。

あれこそが神の戦略で、これから解き明かすべきトリックだ。

「ポセイドン」

ネルBのままの神へ。

「もう正体はバレてるってのに、なぜアンタはまだ神の姿に戻らないんだ？」

「っ！」

「戻りたくないんだろ？　なぜなら戦術に関わるからだ。俺がネルの真偽を間違えた理由。そして本物のパールはどちらだったのか。これは二つで一つの戦術だった」

二人のパールへ――

胸にABそれぞれのバッジをつけた金髪の少女を見比べる。この二人だけは、最後まで真偽タッチを免《まぬか》れた。

……レーシェにもネルにもわからないはずだ。

……唯一すべての仕掛けを見たのは俺。だから俺が答えなきゃいけない。

どちらが本物で、どちらが偽者《にせもの》か。

「俺がまず考えたのは、どちらが本物らしい動きをしていたか。これはレーシェBが偽者だと真偽タッチで暴いた点で、パールAに軍配が上がる。一方でパールBは本物に有利な情報を何一つ落としていない」

「っ！」

「そ、そうですよねフェイさん！　あたしたちずっと一緒にいましたもん！」

パールBが肩を震わせて。

パールAがパッと表情をやわらげた。

が。自分《フェイ》の話には続きがある。

「次の観点。それはどちらが意図的に怪しい動きをしていたか。正直、誰しも怪しい素振りはあった。俺だってそうさ、レーシェを間違えて誘導した。でもこれは俺が欺《だま》されていたから起きた動きだ。重要なのはいつ誰に欺されていたか」

誰もが欺されかけていたのだ。

神の策謀《トリック》に呑《の》みこまれ、疑心暗鬼に陥った末の「そしてみんないなくなった」が実現しかけていた。

「俺は本物レーシェに対して『ネルAが偽者の可能性が高い』と言った。それはパールAがこう言ったからだ」


〝真偽タッチをネルAさんに使っても良いでしょうか！〟

〝『あなたは本物です』で――あたしが消えちゃったらネルさんは偽者です〟


そしてパールAは消えた。

「俺はそれを信じてネルAが偽者だと思い、それをレーシェに伝えた。結果何が起きたかというと……」

「ちょ、ちょっと待ってください⁉」

割って入ったのはパールA。

「何かがおかしいです！　あたしはフェイさんとの約束どおり真偽タッチをしたんです！　結果は失敗したけど、それでもフェイさんの助けになると信じて！」

「――どうなんだネル？　あ、俺が聞いてるのは本物の方のAな」

「っ！　た、確かに私は本物で間違いないが……」

ネルがハッと息を呑む。

二人のパールを何度も見比べた末に、自信のなさげな小声で。

「……その……一つ不思議だ。フェイ殿が言ったようにパールAが『本物です』とタッチしたなら、私は本物だからパールは消えないのでは？」

「それだ」

「え？」

「ネルも自分で言ってたよな。パールが真偽タッチで近づいてきた時、何て宣言したかを覚えていない。早口で喋《しゃべ》ってきたからだって」

「……あっ!?」

そう。これが神の戦略その2の正体だ。

「答え合わせの時間だパール。いやドンちゃん」

Aのバッジを付けたパール。

怯《おび》えた子犬のような目で、縋《すが》るようなまなざしで——

否《いな》。そう演じきった神に向けて。

「アンタは『本物です』と真偽タッチしたんじゃない。『あなたは偽者です』と唱えてからネルにタッチしたんだろ？」

完全な思考の死角だった。

真偽タッチの宣言は他人に聞かせろというルールはない。一人でボソッと喋ってタッチするだけでも発動するのだ。

「周到だったよ。なぜなら神《アンタ》は、わざわざ俺を入れ替わりの宝珠《オーブ》で別地点に飛ばしてたもんな。何て宣言したのか俺に聞かせないためだったんだろ？」

すべて計算された手順だったのだ。

〝フェイさん！　この宝珠《オーブ》でネルAさんと入れ替わればいいんです〟

〝フェイさんが先頭に行ってください！〟

パールAとネルAが合流。

宣言を見られたら（聞かれたら）厄介な自分《フェイ》を遠くに飛ばし、ネルと二人きりを確保したうえで「予告とは逆の宣言」で真偽タッチ。

……だから俺は混乱した。

……パールAが『本物です』と真偽タッチしたと思いこまされていた。

そしてレーシェにも助けられた。

ネルBの真偽タッチをレーシェではなく自分《フェイ》がしていたら、この遊戯で真実に辿《たど》り着《つ》く者は皆無だったに違いない。

「さらに言えば、これは神の戦略その2。本当にヤバいのはその1だ」

その場の全員を一望。

困惑のまなざし、好奇のまなざしが混在するなか。

「この戦略はいつ始まった？　俺はパールAの言葉を信じたがゆえに本物のネルを疑った。結局のところ俺はパールAが本物だってなかば無意識に思いこんでいた。俺を欺《だま》すために神が用意した最初の罠《わな》、それが最初の真偽タッチだった」


〝というわけでタッチ！　あなたは偽者《にせもの》です！〟

〝真偽タッチ成功。レーシェBは「偽」につき、ゲームから除外〟


ルール説明にあたり、ミノタウロスはこう言った。「真偽タッチは、いかなる組み合わせでも偽者側から仕掛けて有利になる事はない」と。

「この真偽タッチは本物側の特権スキルだ。そういう意味じゃミノタウロスの説明は間違ってない。だからこそ裏を掻《か》かれたよ」

真実は——

パールA（本物）が、レーシェB（偽者）にタッチではなく。

パールA（偽者）が、レーシェB（偽者）にタッチ。

「神は自ら神を消し去った。俺一人を欺すためだけにそこまでやるなんて普通は思わない。

おまけに、さらに用意周到な言葉の罠まで仕掛けてあったよな。真偽ルール説明時、あるプレイヤーがこう言ったんだ」

〝この真偽タッチ、偽者は本物を消すことはできないわ〟

「よく思いだせば、そう言ったのもレーシェAに化けた神だ」

ここが最大のポイントだ。

①偽者は本物を消すことができない＝本物のみが偽者を消すことができる。

ではない。

②偽者が偽者を消すこともシステム上は可能。

だが神は②を意識させぬよう、わざわざレーシェAの姿で①を皆に刷り込んでいた。

……偽者側が真偽タッチをしても有利なことは一つもない。

……偽者に不利な結果にしかならないからだ。

それは真実だ。

だからこそ偽側の真偽タッチはありえないわよね？

神《ポセイドン》はゲーム開始前からそう刷り込んできていたのだ。レーシェの姿で。

その上で――

自分《フェイ》はそれを二度も体験したのだ。

「神の戦略はこうだ。『パールA（偽）がレーシェB（偽）をタッチして自滅』という非合理トリックに『パールA（偽）がネルA（真）をタッチして自滅』する非合理トリックを重ねることで、本物側を疑心暗鬼に陥らせる」

「っ⁉　ということはフェイ殿⁉」

ネルが指を四本立てて、そのうち二本を折ってみせた。

「神の分身は四体。その半分の二体を、神は自ら真偽タッチで消滅させたと⁉」

「ああ、とんでもなく非合理だろ？」

四体の偽者《にせもの》のうち二体を自滅させる。そこまでして人間を欺《だま》す必要があるか？

否《いな》。

だからこそ神はやってのけた。フェイ一人を欺すためだけに。

「じゃあ最後に答えをまとめてほしいな」

試すかのような眼差《まなざ》しで、ミノタウロスが訊《き》いてくる。

「このなかで本物四人は？」

「本物は俺（フェイB）、レーシェA、ネルA、パールB――以上だ」

「それが答えで本当にいい？」

「ああ」

「だってさ、ドンちゃん」

ミノタウロスがにっこり微笑。

と同時に、選ばれなかったレーシェB、ネルB、パールA、がボンッと音を立てて消滅して――


「くそぉぉぉおおっっっっっっっっっー」


顔を真っ赤にしたポセイドンが四人。

その四人をミノタウロスが「お帰り！」とぎゅっと抱きかかえることで、ポセイドンが一人に融合。

「おつかれドンちゃん」

「くぅぅっっっっ！　せっかく仲間割れさせてからかってやろうと思ったのに！」

そう。

この遊戯は本来、フェイが言ったように八人を集めて真偽タッチをしていけば、最後は勝率50％の運ゲーにすることができるのだ。

ただし――

それは仲間《チームメイト》の言葉を一切信じず、機械的な判断処理を遂行する道。

ゲーム名「そしてみんないなくなった」は、まさにその「仲間の声を信じない人間たち」を皮肉る名前だったのだろう。

「お前たち……」

ポセイドンがギラリとこちらを見上げてきた。

自分、レーシエ、パール、ネルの四人を順に見上げて、眼《め》を覗《のぞ》きこんで――

「お前たち、一度も『お前が偽者だ』という真偽タッチを使わなかったな」

神は気づいた。

偽者《にせもの》を消す「お前が偽者だ」の真偽タッチは、神が使用した時のみ。本物四人は、実は一度もプレイヤーを消す選択を用いていなかった。

勝率50％という、神がわざと用意した甘い攻略法の逆を貫いたのだ。

「……まあそうですよねぇ」

パールがごくごく当然の口ぶりで。

「間違って本物の味方を消すわけにはいかないですし……」

「うむ。私もだ。本物のフェイ殿やレーシェ殿さえいれば勝機が見込めたからな」

頷《うなず》くネル。

そんな二人を眺め、幼げな神が大きく息を吐き出した。

「……まあまあ見事であった」

「ふふっ。面白いゲームだったよ」

仏頂面で腕組みするポセイドンと、その頭を撫《な》でてやるミノタウロス。

「ウチとドンちゃんには敵《かな》わないけど、人間にしては仲がいいねー」

「当然です！」

パールがここぞとばかりに胸を張る。

「あたしたちは、この海よりも深い信頼で繋《つな》がっているのです！」

「うんうん。人間ってチームを組んで挑んでくるよね。人間ってチームに名前をつけたりするんでしょ」

「……え？」

「こらミノちゃん。こやつらなら当然チーム名くらいあるであろう」

ミノタウロスに頭を撫でられながら、ポセイドンが真顔で言葉を続けてきた。

「それほど仲のいいチームなのだから」

「………………チーム名」

パールがしばし硬直。

と思いきや、錆《さ》びついた機械のようにギギギ……と重々しく頭を回転させて。

「フェイさん、そういえばあたしたちのチーム名」

「決めてない」

「まだ決めてなかったんですか⁉」

「いや……考えてはいたんだ。ミランダ事務長からも、登録名が空《ブランク》っぽだと事務方も困るって急《せ》かされてたし」

後ろ頭を掻《か》きながら、フェイはやや小声でそう答えた。

ただ直後に迷宮ルシェイメアの事件が起きて、自分がもともと名前を考えるのも得意ではないこともあり、つい後回しになってしまっていた。

「フェイ殿。この勝利で七勝だ」

が怖《お》ず怖《お》ずと口を開いたのは、ネル。

「本部の『すべての魂の集いし聖座《マインド・オーヴァー・マター》』に追いついた。同率とはいえ世界で一番の勝ち星になった以上、やはりチーム名の決定は急がねばならないのでは？」

「……いや、まあそうだよなぁ」

「ほほう？　まだチーム名も決まってなかったのか貴様ら」

海神《ポセイドン》がなぜか上から目線。

「そんなザマでは、我が輩やミノちゃんの仲の良さには及ばぬな！」

「仲の良さ関係あるか……？」

「というわけで出直して来るがいい！」

ばしゃっ。

海の迷路アトランティスの壁が崩壊。割れていた大海が元に戻る。つまりフェイたちの立っていた海底めがけて海水が押し寄せて――

フェイたちは、人間世界に帰還した。

VS『海神ポセイドン』

ゲーム『迷宮迷信ゲーム　―そしてみんないなくなった―』

攻略時間2時間1分01秒にて『勝利』。

【勝利条件】　本物四人の誰かが一番でゴールすること。

かつゴール到着時、八人全員の「真偽」に正答すること。

【敗北条件1】　偽者《にせもの》が先にゴールすること。

【敗北条件2】　本物側の代表者が、八人の真偽判定で間違えてしまった場合。

【その他】　プレイヤー八人はそれぞれ真偽タッチを使用できる。

Chapter

Player.7　楽しむがいい

God's Game We Play

古代都市エンジュ、発掘現場。

しんと静まる無人の場に、前触れなく四人もの人影が現れた。

「あ痛っ!?」

「また腰打った!?」

地面に描かれたウロボロスの環《わ》からポンと飛びだす。その勢いで宙に打ち上げられたまではいいが、すぐに重力に引かれて地上に落下。

結果、腰から激突というわけだ。

ちなみに腰を強打したのは自分《フェイ》とパール。ネルとレーシェは難なく着地したらしい。

「……ったく」

溜息《ためいき》をつきながら立ち上がり、フェイはあたりを見回した。

「神々の遊びで巨神像が使われる理由がわかった気がするな……ん？」

「待ってたよ人間ちゃん！」

奥から陽気な声。

遺跡の陰から、銀髪の少女がひょっこりと顔を覗《のぞ》かせた。

「ちょうどいい時間に帰ってきたね。こっちも準備ができたところさ！」

「準備って？」

「人間ちゃんに会いたがってる神がいるんだよ！」

「……俺に会いたがってる？」

心中、身構えてしまった。

自分に会いたがっている神。まさか、ユグドラシルの森の直前で遭遇した、あの得体の知れない神ではないか？

……っていうのがまず頭に過《よぎ》ったけど。

……どうも違う感じだな。

理由は簡単、ウロボロスのこの無邪気なまなざしだ。

企《たくら》みがあるようには思えない。

「だけどウロボロス、俺、あいにくその神さまに全然心当たりないんだけど」

「あっれー？　人間ちゃんは気づいてないかぁ」

ウロボロスが悪戯《いたずら》っぽいにやにや笑い。

「ソイツ、初めて精神体《スピリチュアル》になるらしくて戸惑ってたんだよね。そこで無敗の我が手伝ってやったというわけさ！」

「そこに無敗は関係あるのか……？」

「あるよ！」

「ないだろ⁉」

高位存在の神が、人間に接触する姿の代表例が精神体《スピリチュアル》だ。

全長一万メートルの龍《りゅう》である無限神《ウロボロス》のような「人間の姿ではない」神は、人間に似せた精神体《スピリチュアル》で地上に現れる。それと比較し、レーシェのように「神の位を捨てて人間化」は極めて稀《まれ》だ。過去を遡っても唯一の事例だろう。

「……まあそれはそれとして。その神さまっていうのは――――ッッ⁉」

ゴッ、と大地が轟《とどろ》いた。

この巨大発掘現場どころか都市丸ごとを揺るがすほどの地響きが、まるで足音のように一定の歩調で襲ってくる。

近づいてくる。何かとてつもない質量の何かが。

「な、何ですかこの震動⁉」

「……足音のようにも思えるが」

目の前の石柱に抱きつくパール。この震動に足を取られぬよう、ネルも姿勢を低くして身構えている。その一方で。

「――この震動？」

フェイは、この巨大な地響きがなぜか懐かしく感じられた。

身体《からだ》が覚えている気がした。

都市を揺るがすほどの、このとてつもない気配を。

——見上げる。

大地を揺るがす震動が、遺跡の丘から近づいているとなぜか理解できた。

風化して色あせた黄金の祭壇があり。

現代語ではない文字が刻まれた石柱があり。

気配は、そのさらに奥——画板《キャンバス》のような長方形をした黒色の壁から。

そして。

力強くも陽気な女声が、その裏側から聞こえてきた。


「よう小僧」


遺跡の丘に立ったのは、溶岩色の長髪を後ろで縛った大柄な女性だった。

身長は優に百八十センチ以上はあるだろう。派手な色味をした着物姿で、大胆に開いた胸元からスタイルの良さが窺《うかが》える。

「久しぶりじゃないか」

「っ⁉」

その親しげな掛け声と笑みに、フェイは丘に立つ女性を見上げた。

大地を揺るがす足音。

何よりもあの明るいオレンジ色がかった溶岩色の髪――自分《フェイ》は、あの豪快な色をした神に見覚えがある。

「……まさかタイタン⁉」

「小僧、遊戯を楽しんでるかい？」

遺跡の丘で、その神がニッと豪快な笑みを浮かべてみせた。

――巨神タイタン。

自分とレーシェが出会った日。二人で急遽《きゆうきよ》飛びこんだ巨神像で初めて戦った神だ。

山のごとき巨体と、拳一つでビルをたやすく破壊する豪快さ。と同時に極めて計算高い知恵を持ち合わせた怪力乱心の神。

――ゆえに大地の賢神。

そうした特徴がモチーフになっているとすれば、この豪快な笑みの女性という精神体《スピリチュアル》は納得の造形だ。

「……正直ビックリしてる。わざわざ俺に？」

「おお、それそれ。あたしとしたことがついゲームで満足しちゃってね。一つ与え忘れてたんだよ」

黒の岩壁に手を置いて、タイタンがそこに寄りかかる。

「お前たちも知ってるだろ。神々の遊びで特別な勝ち方をした人間には、神はご褒美を与えることになってるのさ」

「……え？　それ神の宝冠のことですか？」

パールがビクッと反応。

それもそのはず。自分たちは神の宝冠を三つ所持しているのだ。ユグドラシルの森で、妖精《ニンフ》に教えられたばかりである。

所持限界は三つだと妖精に教えられたばかりである。

ウロボロスの眼《め》、太陽の花、宝物庫のマスターキーで三つ。

四つ目はもらえない。

「……あのぉ実はあたしたち、もう神さまからのご褒美は……」

「そうかしら」

レーシェがクスッと微笑。

「パール、あなた放送でわたしとフェイの巨神戦《タイタン》を見てたんでしょ？　そもそも巨神《タイタン》は、昔から人間と遊んでたし無敗ってわけでもないわよ」

「え？　あ、確かに！」

レーシェの言うとおり。

巨神タイタンと人類の遊戯の歴史は長い。神秘法院の統計では最新三十年の遭遇数だけでも十回以上。勝率も十四%という数字がある。

無敗の神に勝利した証《あかし》の『神の宝冠』はありえない。

「え？　え？　じゃあ……」

「もう一つあるだろ。神さまのご褒美が」

丘の上で悠然と笑む神。

その姿を見上げながら、フェイもようやくフッと息を吐きだした。

思いだした。

言われてみれば確かに思い当たる。

「あの時はそれどころじゃなかったから俺も抜けてたよ。アンタの『神ごっこ』ゲームは、誰・一・人・と・し・て・脱・落・者・が・い・な・か・っ・た・もんな」

神に捕まった者が神の配下となる『神ごっこ』。

さらに神側から人間側に再復帰もできるルール上、『神ごっこ』に脱落者はいない。

〝アスタ先輩はどういう扱いなんだ？　神に操られてるけど、それは神ごっこのルール内。まだ脱落したわけじゃない。そういう理解であってる？〟

神からご褒美がもらえる条件の中に――

ゲーム中、一人の脱落者も出さずに勝利するというお題がある。

「そうだ、『神の慈愛』があてはまるのか！」

ネルが顔を紅潮させた。

「神ごっこに脱落者はいない。神の慈愛の条件を満たしている！　神の慈愛は神の宝冠とも別物だ……神の宝冠の勝利報酬を三つ持っていようと、その上限にはあてはまらない。私たちは手にする資格があるということか！」


『神の宝冠』――無敗の神に初めて勝利すること。

『神の慈愛』――ゲーム中、一人の脱落者も出さずに勝利すること。


だから巨神タイタンは現れた。

わざわざ精神体《スピリチユアル》となり人間世界に降臨してまで、自分たちを探していたのだ。

「……何をくれるっていうんだ？」

「――――」

溶岩色の髪をした神がすっと目を細めた。

愛《いつく》しむように。

どこか遠くを懐かしむように。

「小僧、遊戯は好きか？」

「……え？」

「あたしは好きだ。他の神もみんなそう。が……中にはひねくれ者もいる。素直に遊戯を楽しめない困った奴《やつ》が。遊戯の可能性を信じられない奴が」

風が、吹いた。

自分たち以外には誰もいない発掘現場を、ぐるりと囲むように風は流れ、遙《はる》か古代の地層である灰をわずかにふきあげる。

その風が凪《な》ぐまで、タイタンはじっと待っていた。やがて——

「いつか神《ソイツ》が、小僧の前に現れるかもしれない」

「っ！」

もう既に遭遇した。

そう言うべきかフェイが悩む姿さえ、お見通しだと言わんばかりに。

「神《ソイツ》が小僧を惑わせる、迷わせる、小僧の知らない『歴史』を突きつけるかもしれない。人間には遠すぎて要らないくらいの過去の歴史をだ」

「……それは……」

「だが」

地鳴り。

着物をはためかせるタイタンが、その右足で地盤を踏みつけたのだ。

「この遺跡。三千年前なんて神にとっちゃあっという間さ。だから古代魔法文明のこともよく覚えてる」

いつからだろう。

タイタンの言葉には、まさしく「神の慈愛」なる愛《いと》しさが滲《にじ》んでいた。

「古代魔法文明の時代から、今だって、人と神は遊戯を楽しんでる。いつの時代も遊戯は遊戯。お前たちも心ゆくまで楽しむがいい」

そしてタイタンが横を向く。

自分が寄りかかっていた黒色の岩壁をじっと見つめて。

「だから――」

轟《ごう》ッ！

タイタンが、その岩壁めがけて豪快に裏拳を叩《たた》きつける。

大砲が炸裂《さくれつ》したような轟音《ごうおん》と衝撃波が大気を揺らす。その衝撃で、フェイたちの見上げる岩壁がピシリとひび割れた。

ピシッ……

ピシリッ……

黒の岩壁に亀裂が入り、その奥に、極彩色の何かが見えた。

岩壁の内に何かがある?

いや違う。この遺跡の丘には最初から何かがあって、それがあの黒い岩に埋まるかたちで隠蔽《コーティング》されていたのだ。

タイタンの裏拳で、古《いにしえ》に施された薄岩の隠蔽《コーティング》が剥《は》がれていく。

外側の壁がすべて剥がれ落ちたそこには——


極彩色の壁画が、あった。


三千年前の壁画。

巨神タイタンの言葉を信じるならば古代魔法文明時代の絵画だろう。風化を免《まぬか》れるよう表面を岩で隠蔽《コーティング》していたのだ。

「あ! あそこに描かれてるのドンちゃんじゃないですか!?」

「ミノタウロス様の姿もある。……空に浮かぶ、あの黒い蛇のようなものは、まさかウロボロス殿か!?」

パールとネルが目を見開いた。

それは——

人と神々が遊戯に興ずる壁画だった。

ミノタウロスやポセイドンらしき姿。自分たちの知らない無数の神々が描かれている。人と神々の区別もなく、誰しもが子供のように遊び続ける姿が。

その壁画のタイトルは。


『神々の遊戯を授かりし《メィ・ユア・ゴッズ》』


「・・・チーム名。これがあたしからの『神の慈愛《ごほうび》』だ」

溶岩色の髪を大きくなびかせて。

大地の賢神タイタンが、再びニッと豪快な笑みで声を響かせた。

「持っていきな、この先へ」

「――――」


思えば。

ある種の夢心地に近かったかもしれない。

混色の感情。

こんな大きなチーム名を自分たちが背負っていいのか、という畏れ。そしてこれほどの神の慈愛《おくりもの》を授かったことの歓《よろこ》びと。

二つの色をした感情が合わさって。

「……大事にするよ」

フェイは、ただそれだけを言うので精一杯だった。

こちらを見下ろす神《タイタン》を、見上げて。

「重たすぎて俺一人じゃ背負い切れそうにないけどさ。一緒に背負ってくれる仲間がいる。大切に抱えていくよ」

「気負う必要はない。それもまた楽しめばいいのさ小僧」

「……ああ。ってわけで、行ってみるか？」

振り返る。

武者震いの笑みを浮かべるネルと、放心気味のパールと。

そして誰より楽しげな笑顔のレーシェに目配せし、フェイは大きく頷《うなず》いた。

「神秘法院本部にさ」

あとがき

〝いつの時代も遊戯は遊戯。だから心ゆくまで楽しむがいい〟

『神は遊戯《ゲーム》に飢えている。』第5巻、ありがとうございます！

ゲームに夢中になるのは人も神さまも共通で――

この第5巻は、名前だけの登場を含めれば過去最多の新キャラが登場です。個性豊かな神さまに加え、フェイの旧チーム関係者も初お目見えですね。

さらに賑《にぎ》やかに派手になっていく『神飢え』ワールドを、ぜひお楽しみに！

では本編のお話を少し！

3巻4巻の迷宮ルシェイメア編がかなりの大ボリュームだったこともあり、今回は久しぶりの「一巻二ゲーム」構成になりました。

神樹の実バスケットはスポーツ要素のあるゲームで、ネルの大活躍はもちろんレーシェも実にレーシェらしい見せ場に恵まれた気がします。アシュラン隊長やアニータも活躍し、賑やかなゲームになったなあと。

ちなみに細音《さざね》のお気に入りは、『わたしの可愛いお友達《カモンレミングス》』です。

後半戦はドンちゃん（ポセイドン）戦。

5巻の表紙を飾ったポセイドンですが、ミノちゃん（ミノタウロス）との仲良し具合といい、個人的にもお気に入りの二体です。

――神は、個を好むがゆえに群れない。

この5巻でも誰かが言っていたような気もしますが、あの二体は珍しい例外というか、むしろそんな原則《ルール》さえ気まぐれ一つでひっくり返してこそ神なのかなと。

あと今回はポセイドンの遊戯で戦ったのですが、いつかミノタウロスの遊戯もお披露目《ひろめ》できたらいいなあと思ったりしています。

ここでお知らせです！

嬉《うれ》しくもアニメ化進行中を発表した『神は遊戯《ゲーム》に飢えている。』で、先月24日、MF文庫J夏の学園祭にて追加発表がありました。

アニメ制作、ライデンフィルム様。

監督、白石達也《しらいしたつや》監督。

こちらが正式発表です！　細音《さざね》も脚本会議はすべて参加させてもらっているのですが、『神は遊戯《ゲーム》に飢えている。』のゲーム展開がとってもワクワクする感じに脚本が組み上がりつつあります。自信をもってお届けできるはず！

さらなる情報もどうかお楽しみに！


そしてスペシャルサンクスを。

智瀬《ともせ》といろ先生、今回のポセイドンも神級の美麗さです。ありがとうございます！

コミカライズ担当の鳥海《とりうみ》かぴこ先生、毎月、とても楽しいコミック連載ありがとうございます。もうすっかり毎月の楽しみです。

そして担当のN様。原作もアニメも、毎月どころか毎日大変お世話になっております。

さらなる盛り上がりに向けて今後ともよろしくお願いします！


最後に、刊行予定です。

まずはもう一つのシリーズ『キミ戦』もアニメ続編が決定です！

その短編集3巻が8月20日に出たばかりで、さらに長編『キミ戦14』も今冬予定です。

こちらもぜひ応援してもらえたら！


さらに『神は遊戯《ゲーム》に飢えている。6』も全力で進行していきます！

神秘法院本部編、世界最強チームとの出会いにこうご期待です！

２０２２年の夏に　細音　啓《けい》

Character | 1
キャラクター紹介

NAME アニータ・マンハッタン

PROFILE

神秘法院ルイン支部にて、わずか15歳でチーム『女帝戦線(エンプレス)』を設立。


さらなるチームの強化と発展のため、レーシェやパール、ネルの引き抜きを画策中。

その観点から、フェイに対してライバル意識を燃やすことも？

SPEC

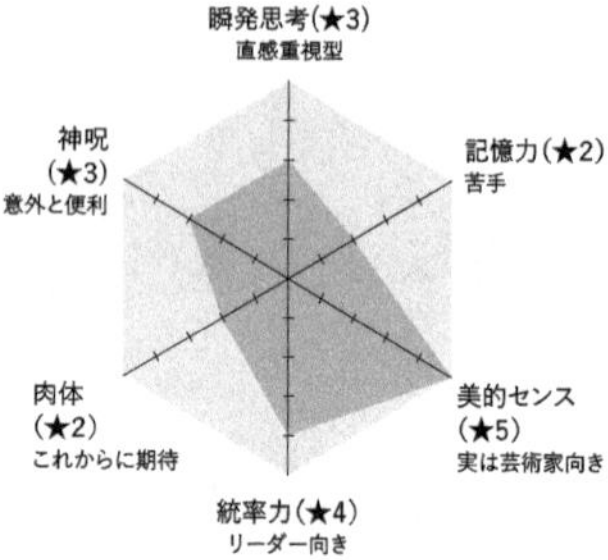

神呪★3

超人型にカテゴライズされる神呪『身も心も鋼鉄に(アイアン・ハート)』。

完全な頭脳系ゲームでは出番がないが、バトル・スポーツ要素のあるゲームでは意外なところで力を発揮する……が、今回のように人間ロケットとして投げ飛ばされたのは初めてだとか。

美的センス★5

古今東西間わず「美しい物」に対して無類の嗅覚を発揮し、その判断は極めて正確。

すなわちアニータをして「ダサい」「センスが悪い」と言わざるを得なかったウロボロスの無敗Tシャツはやっぱりダサ――(以下、データ欠損)。

NAME 海神ポセイドンちゃん

PROFILE

大海の主にして、海の迷路アトランティスを司る神。


海に映った物すべてをコピーする力を持ち、それを使ったゲームやイタズラを好む。

手に三叉槍(トライデント)を持っているが、泳いでる途中によく手放してよく無くす。

そのたびに新しい槍を用意する。

SPEC

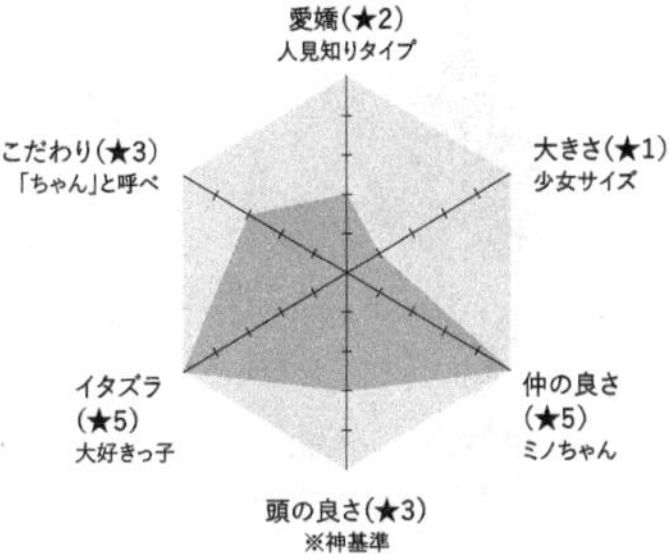

こだわり★3

実は神経質な性格で、ゲームや呼称などにこだわりがある。

呼称であれば「様」を許さず「ちゃん」付けを好んだり、ゲームでは、そのイタズラ心も相まって人間チームの仲間割れを誘うような戦術を考えたりする。

仲の良さ★5

大海の主であるポセイドンだが、なぜか地下迷宮の主であるミノタウロスと仲が良い。

この二体がいつどこで知り合ったかは「神のみぞ知る」だが、暇さえあればお供の白鯨を呼んで二体で海上ドライブをしているとか……

NAME 人獣神ミノタウロス

PROFILE

地下遺跡を徘徊する人獣神。

おっとりした性格と人懐こさで、人間に対してもっとも好意的な神の一体。

ちなみに他の神に対しても優しくおおらかで、ポセイドンが唯一心を許した相手でもある。

その反面、ゲーム中ではテンションが上がって身体が熱くなり、服を脱ごうとする困った癖も。

SPEC

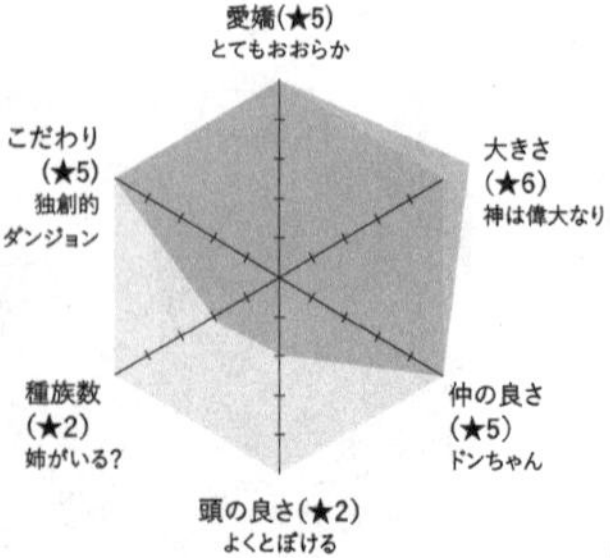

大きさ★6

自他共に認める神サイズ。人類代表パールとの最終戦争の日は近い(レーシェ談)。

こだわり★5

アヌビスの迷宮ゲームとの被りによって流れてしまったものの、ミノタウロスの迷宮ゲームもかなりの職人気質でデザインされた大規模ゲーム。

ちなみに最終ボスはミノタウロスだが、道中、隠しクエストの攻略でのみ手に入るSSRアイテム『海神ポセイドンちゃんの三叉槍』を手に入れていると特殊演出モードに移行。

「……ポセイドンちゃんに負けるなら……本望だよ……!」とミノタウロスが敗北を受け入れ、人間側が一撃勝利できる。

N E X T

| NEXT |

God's Game
We Play

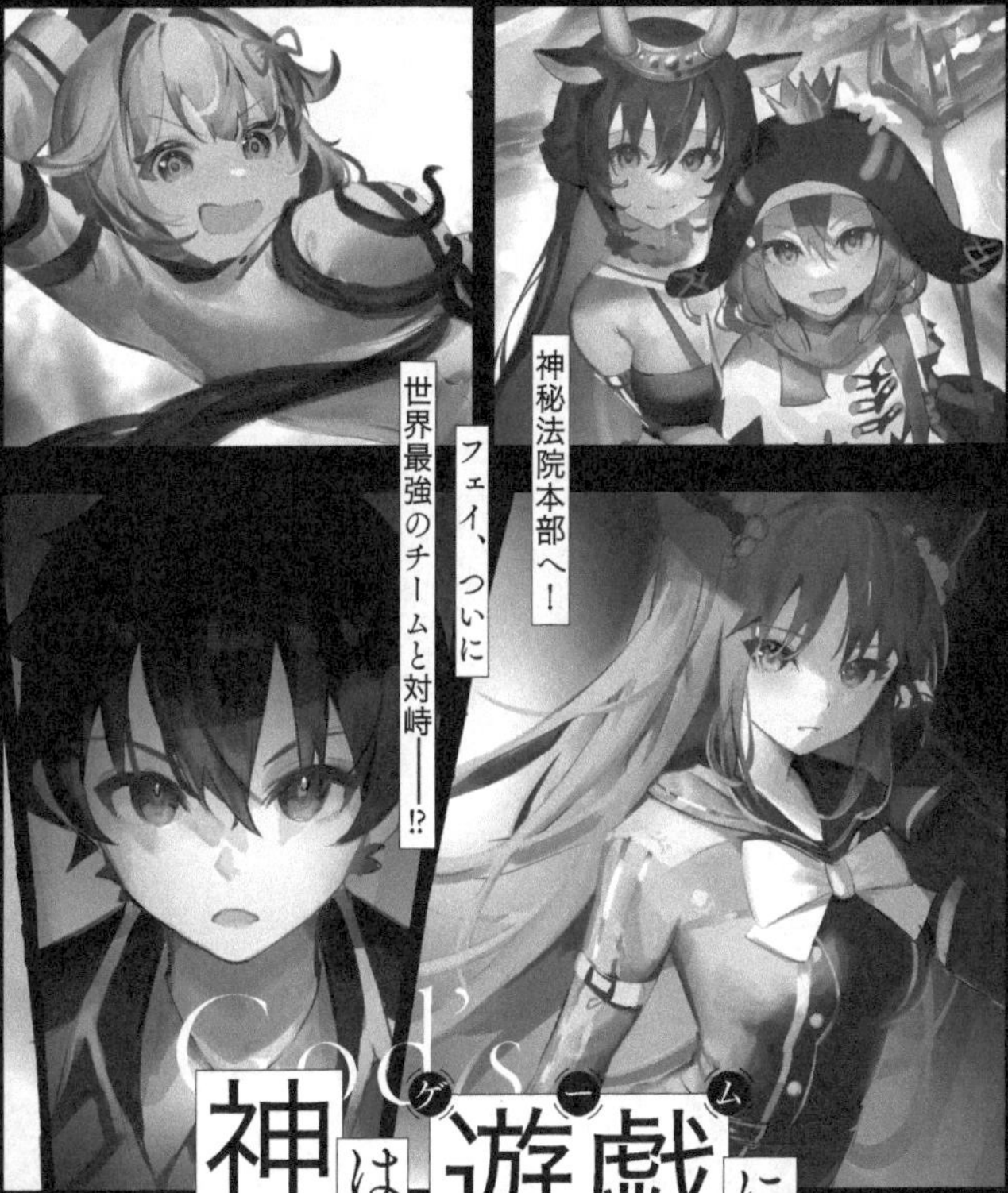

God's Game We Play

神は遊戯《ゲーム》に飢えている。

第6巻　今冬発売予定……！

N E X T

God's Game We Play
Comicalize
理不尽過ぎる神々に知略で挑む
超スケール頭脳バトル！
神は遊戯《ゲーム》に飢えている。
God's Game We Play
漫画：鳥海かぴこ　原作：細音啓
キャラクター原案：智瀬といろ